쇼룸

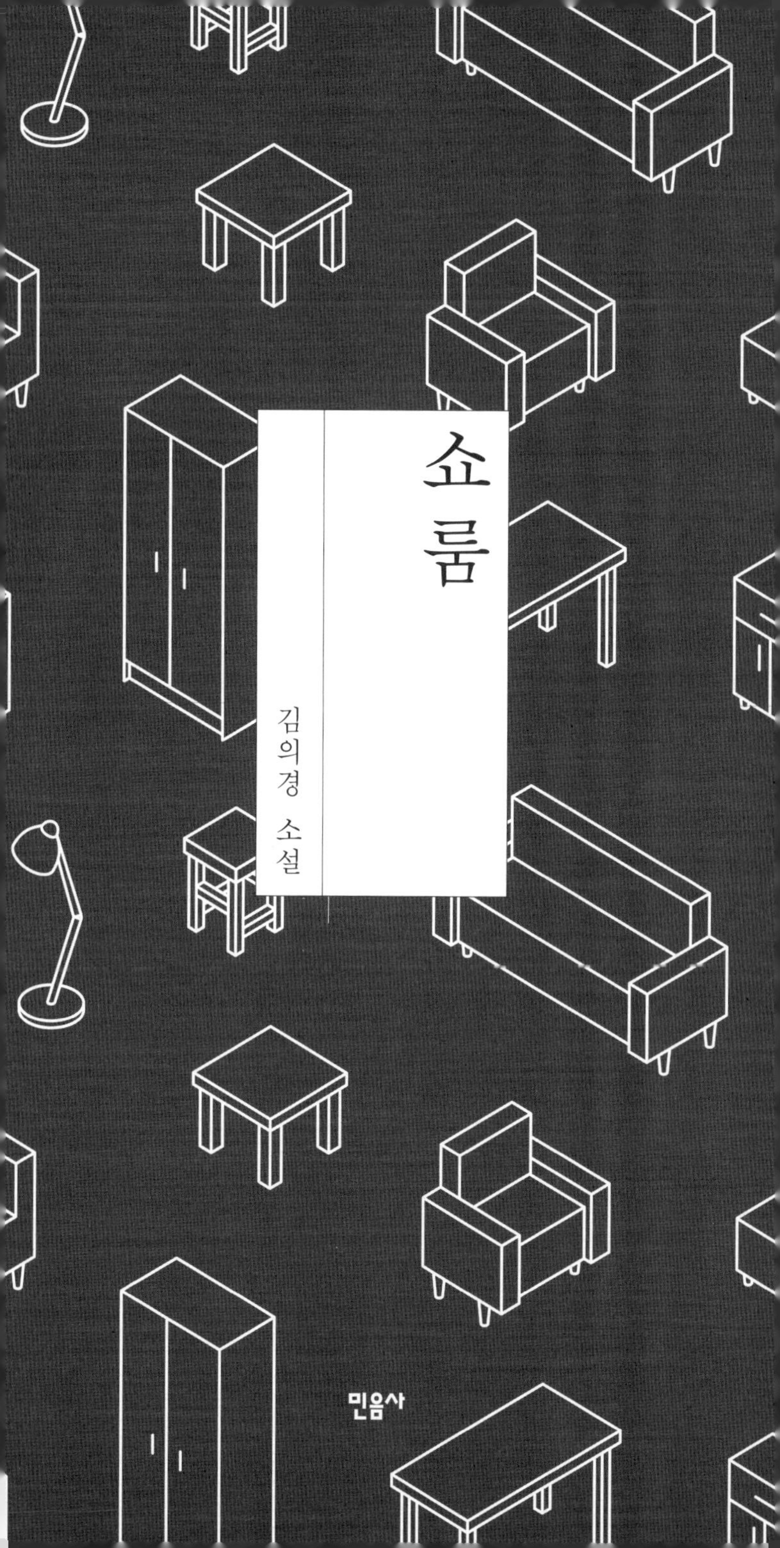
쇼룸
김의경 소설
민음사

차례

물건들

특별할 것 없는 오후였다. 월급날 동료들과의 맥주 한잔을 뿌리치고 그곳으로 향했다. 뉴스에서는 지금이 심각한 불황이라고 말했지만 그곳은 언제나처럼 붐볐다. 그냥 갈까, 하는 생각을 하지 않은 건 아니지만 유리문 안에 놓인 물건들이 물고기처럼 반짝거리는 것 같아 차마 그냥 지나칠 수 없었다. 자동문 옆에 놓인 장바구니를 들고 나는 여유로운 발걸음으로 진열대를 둘러봤다. 월급날인 만큼 망설이지 않고 장바구니에 넣었다. 생리대 두 뭉치, 식이 섬유가 풍부한 푸룬, 두뇌 회전에 좋다는 드림카카오. 2층으로 올라간 나를 반기는 것은 지난주보다 한층 다양해진 머그컵이었다. 가을이어서인지 단풍이나 은행잎 무늬가 새겨진 머그컵이 눈에 띄었다. 지난주에도 머그컵을 샀지만 하나 더 넣었다. 새로 산 머그컵에 커피를 따르면 새로운 기분으로 아침을 시작할 수 있다. 청소용품 코너에서는 가장 먼저 곰팡이 제거제가 눈에 들어왔다. 담쟁이덩굴처럼 벽 밑에서부터 조금씩 차오르는 곰팡이와, 창틀에 희미하게 핀 곰팡이를 떠올리며 바구니에 넣었다.

전체적으로 지난주보다 상품이 더 다양해졌다. 사람이 살아가는 데 이렇게 많은 물건이 필요할까 싶으면서도 하나하나 들여다보면 쓸모없는 물건이 단 하나도 없는 것 같았다. 한 달에 몇 번이나 이곳에 오는지는 세어 보지 않았다. 그저 시도 때도 없이 나는 이곳을 들락거렸다. 생각이 잘 풀리지 않을 때나, 점심을 먹은 후 소화를 시키기 위해 슬리퍼 바람으로 걷다 보면 어느새 이곳이었다. 월급날은 월급날이라서, 친구 집들이에 갈 때도 나는 어느새 이곳에 와 있었다.

자주 들락거리게 된 이유는 어디까지나 개 때문

이었다. 유학을 가게 된 친구가 떠맡긴 개는 생각보다 손이 많이 갔다. 개를 키우는 건 처음이라 난감했는데 뜻밖에도 정답은 다이소에 있었다. 개에게 필요한 것이라면 이곳에 다 있었으니까. 애견용품은 가격이 비싼데 이곳은 무조건 저렴했다. '무조건'이란 사실은 중요하다. 길거리 좌판에서도 10000원은 하는 강아지 옷이 이곳에선 5000원이었다. 하긴 다이소에선 5000원이 최고가였다. 당근 모양의 개껌을 손에 집어 들고 뒤로 돌아선 순간, 빙그레 웃는 그의 얼굴과 마주했다.

"너 맞구나? 긴가민가했어."

영완이었다. 대학 동기인 구영완. 영완이 내민 손을 나도 어정쩡하게 잡았다.

우리는 각자 고른 물건을 계산한 후 근처 카페로 자리를 옮겼다. 그러고 보니 대학 때도 서로 조금 호감은 있었더랬다. 다른 다이소에서 만났더라면 대수롭게 생각하지 않았을 거다. 하지만 이곳 종각점은 전국 최대 규모의 다이소다. 이곳은 원래 종로서적이 있던 자리로 고등학생 때 나도 주말마다 습관처럼 방문하곤 했다. 인터넷 서점이 하나둘 생겨날 즈음, 사람들은 친구를 만나기 위해, 시간을 때우기 위해 종로서적으로 모여들었지만 그곳에서 책을 구입하진 않았다. 나 역시 그곳에서 책을 펼쳐 본 다음, 집에 가서 인터넷 서점에 접속해 구입했다. 십수 년 전에 책이 빼곡히 꽂혀 있던 공간을 지금은 수많은 물건들이 차지하고 있다. 추억의 공간이 사라진 것은 서운한 일이지만 이곳을 구경하다 보면 그런 생각은 어느새 머릿속에서 사라지고 만다.

전국에 매장이 거의 1000개나 되고, 1층부터 5층까지 생활에 필요한 모든 물건이 진열된 드넓은 다이소에서 우리는 3층, 그것도 한쪽 구석에 배치된 애견용품 코너에서 만났다. 나는 흔치 않은 우연이라고 생각했다. 이런 걸 필연, 아니 인연이라고 하는 걸까. 영완은 애견을 키워 볼까 생각하는 중이라고 했다. 자취방에 자신을 반겨 주는 존재가 있었으면, 했다는 것이다. 그러면서도 선뜻 동물 가게에 가기가 망설여진다고 했다.

"살아 있는 것을 키운다는 게 말이야. 쉽게 결정할 수 있는 문젠 아니더라고."

우리는 맥주를 마시며 자연스럽게 서로의 일상을 탐색했다. 그는 2년 전 여자 친구와 헤어진 뒤

개를 키워 볼까 하는 생각이 더 강해진 것 같다고, 자신이 혼자라는 사실을 넌지시 흘렸다. 나도 영완도 잘 아는, 대학 시절부터 사귀던 남자 친구가 몇 달 전에 결혼했다는 이야기를 맥줏집에 흐르는 음악들 사이로 흘려보냈다. 그리고 역시 흘리듯이, 난 매주 금요일 저녁에 다이소에 간다고 했고 그다음 주 금요일에 한동안 꺼내 입지 않았던 미니스커트를 입고 애견용품 코너로 향했다. 영완도 약속이라도 한 듯 그곳에서 강아지 옷을 들척이고 있었다.

다음 날 영완은 내 방으로 찾아왔다. 영완이 다이소에서 사 온 개 간식을 내밀더니 개를 품에 안고 머리를 쓰다듬으며 말했다.

"보고 싶어서 참을 수가 있어야지."

나는 약속한 시간보다 일찍 도착한 영완을 앉혀 두고 허둥지둥 방을 청소했다. 어제 영완과 대화를 나누던 중 무심코 밖의 음식은 몸에 안 좋으니 토요일에 같이 식사를 하자는 이야기가 오갔더랬다. 약속을 해 놓고도 무엇을 차려야 하나 멍하니 넋을 놓고 있었다. 특별한 날에 해 먹는 샤브샤브를 할까 하다가 너무 오버하는 것 아닌가 싶어 마트에서 스파게티와 소스를 사 놓았을 뿐이다.

영완은 오랜 자취생답게 빠르게 방을 정리해 나갔다. 여기저기 벗어 놓은 옷을 하나씩 개켜 한곳에 쌓고, 구석에 처박힌 목재 의자 위로 책을 쌓아 올렸다. 내 만류에도 아랑곳없이 20여 분 청소를 하던 그가 자리에서 벌떡 일어나더니 말했다.

"가자."

어딜? 나는 직감적으로 그가 다이소로 향하고 있다는 것을 알았다. 영완은 그곳에 들어서자마자 한 손에 바구니를 들고 이것저것 척척 담기 시작했다. 그가 일에 몰두하는 기술자처럼 망설임 없이 바구니를 한가득 채울 동안 나는 하품을 하며 내일 동창의 집들이에 무엇을 사 가야 하나, 생각했다. 영완은 10분 만에 쇼핑을 마쳤고 우리는 다시 자취방으로 돌아왔다. 그는 뭐가 그리 신나는지 허둥대며 신발을 벗고 봉투의 물건을 와르르 쏟더니 빠른 손놀림으로 트렁크 종이정리함을 조립하기 시작했다. 양 겨드랑이에 구멍이 뚫린 종이 상자 안에 철 지난 옷들이 차곡차곡 담기고 뚜껑이 덮였다. 상자는 방 한구석에 3층으로 자리잡았다. 그는 3000원짜리 2단 스틸 신발장 위에 여섯 켤레의 운동화와 구두를 올리며 신발이 많아지면 단을 올릴 수 있다고, 필요하면 언제든 자기를 부르라고 했다. 마지막으로 그는 곰팡이 흔적이 남은 곳에 스티커 타입의 벚꽃나무 무늬 벽지를 붙이며 곰팡이는 몸에 해로우니 생기지 않도록 주의하라고 말했다. 내가 붙인 것과 달리 그가 작업한 벽지는 단 한 군데도 울지 않았다. 별것도 아닌 몇 가지 물건으로 내 방은 많이 달라 보였다.

다행히 내 요리 실력은 괜찮은 편이라 영완에게 내심 뽐낼 수 있었다. 나는 스파게티를 냉장고 안에 집어넣고 돼지고기, 순두부, 호박 등속을 꺼내 씻기 시작했다. 집에서는 웬만해선 요리를 안 해 먹는다는 영완에게 '집밥'을 먹이고 싶었다. 그는 내가 요리하는 동안 앨범을 꺼내 보며 키득거리고, 바이러스가 걸린 컴퓨터를 치료해 주었다. 못질을 하고 선반을 달아 수납 공간도 만들어 주었다. 나는 찬장에 처박아 둔 아기자기한 다이소 그릇들을 꺼내 반찬을 하나씩 보기 좋게 담았다. 영완은 탄성을 내지르며 한동안 먹으려 하지 않았다. 왜 그러느냐고 했더니 먹기가 아깝다고 했다. 그는 순두부찌개와 잡채, 제육볶음을 천천히 음미하듯 먹었는데 빨리 먹기가 아까울 정도로 맛이 있다고 과장을 했다.

우리는 저녁을 먹은 후 함께 개를 산책시키고 다시 방으로 돌아와 달콤쌉싸름한 수입 맥주를 마시며 이런저런 얘기를 나누었다. 그날은 11시 즈음 헤어졌지만 일주일 뒤 밤 늦은 시각, 영완은 내 호출로 10분 만에 내 방으로 달려왔다. 전화를 걸어 뭐하냐기에 몸살 기운이 있다고 했는데 호들갑을 떨며 약국에서 약을 지어 왔다.

그날 영완은 집에 돌아가지 않았다. 나는 연애란 외로움과 외로움이 만나는 지점에서 생겨나는 우연의 산물이라는 생각을 했다. 30대의 연애란, 불꽃같은 열정이라기보다는 아무리 애를 써도 뿌리 뽑을 수 없는 허무함과 고독을 잠시 잊을 수 있다면 기꺼이 뛰어들 수 있는 그 무엇이다. 나에게 영완은 타이밍을 잘 맞춰 눈앞에 나타나, 자존심을 굽히지 않고도 잠시 쉬다 갈 수 있도록 허락해 준 친밀한 타인이었다. 그것만으로도 내가 영완을 사랑할 이유는 충분했다.

영완은 이후로도 종종 내게 올 때마다 다이소에서 물건을 사다 주었는데 나를 가장 즐겁게 한 것은 삼나무로 만든 화장품 정리함이었다. 커다란 파우치에 아무렇게나 넣어 둔 화장품을 그는 와르르 쏟더니 정리함에 빠른 속도로 정리하기 시작했다. 정리함은 겉에서 보면 그냥 서랍장으로 보였지만 뚜껑을 열면, 뚜껑 밑에 달린 거울 덕분에 화장대로 변신했다. 그리고 며칠 뒤, 영완이 구급약품 정리함에 한가득 의약용품을 채워 왔을 때 나는 그의 목에 매달려 사랑한다고 소리쳤다. 사랑이란 더 이상 쉽게 내뱉을 수 없는 말은 아니었다. 우리에겐 든든한 부모도, 거액의 적금 통장도 없지만 작은 물건으로 충분히 행복을 누릴 수 있다는 이상한 자부심이 생겼다.

영완은 연애 초기부터 짐짓 겁을 주었다. 석 달간 꿈같은 연애를 하고 있을 때였다. 취기를 틈타 용기를 낸 것이기도 했다.

"우리 집은 나 중학교 다닐 때 망했어. 예물은 물론이고 호화 결혼식 같은 건 꿈도 못 꿔. 그래서 사실 결혼 안 하기로 결심했어. 그냥 연애만 하려고 했지. 얼마 전까진."

그는 얼굴을 붉히며 덧붙였다.

"솔직히 양가에 말하지 않고 그냥 같이 살고 싶어. 이렇게 얘기하면 여자들은 싫어하지? 벌써부터 말하고 싶었는데 못 했어."

내가 아무 말 없자 영완은 실수했다고 생각했는지 고개를 조아렸는데 거기에 대고 나는 그럼 같이 살자고, 모아 둔 돈이 조금 있다고 말했다.

내가 그렇게 쉽게 결정한 건 그 '방' 덕분이었다. 그리고 가볍게 퐁퐁 솟아오르던 비눗방울. 내가 영완을 좋아한 이유는 바람 같은 척하지만 실은 소박한 그의 성품 때문이었다. 그의 방에 처음 갔을 때 나는 깜짝 놀랐다. 그의 방엔 틈이 없었다. 선반을 여러 개 달아 공간을 모두 활용하고 아래 공간은 최대한 살렸다. 행거에 옷을 깔끔하게 정리했는데 옷걸이 색깔은 원목으로 맞춰 산뜻했다. 많지 않은 옷가지들이 셔츠, 바지, 넥타이별로 쓰임이 다른 옷걸이에 완벽하게 정리되어 있었다. 심지어 구석에도 코너 가구를 들여놓아 놀고 있는 공간이 없을 정도였다.

나를 가장 놀라게 한 것은 욕실이었다. 초록색 변기 커버에 나뭇잎 모양의 비누 받침, 그 위에 놓인 은은한 녹색이 도는 녹차 비누, 층층이 쌓여 있는 초록색 타월, 연두색 샤워 타월, 연갈색의 미끄럼 방지 발매트까지. 그곳은 마치 숲 속 같았다. 입을 헤벌리고 있는 나에게 영완이 머리를 긁적이며 변명하듯 덧붙였다.

"혼자 사니까 아줌마가 되어 가는 것 같아. 금방 금방 싫증이 나서……."

영완이 욕실 찬장을 열더니 무엇인가를 꺼냈다. 고래 모양의 비눗방울 장난감이었다. 그가 비누 용액을 넣고 버튼을 누르자 고래 등에서 녹색 비눗방울이 뿜어져 나왔다.

그동안 3, 4년간의 직장 생활을 통해 우리가 모은 돈은 얼마 되지 않았다. 집안의 빚을 갚느라 영완은 1500만 원, 나는 아버지의 지병 때문에 2000만 원. 그래도 내가 좀 더 많았다. 나는 "너 여복은 있네." 하며 으스댔다. 월세를 내고 매달 50만 원은 무조건 적금에 부어 모은 돈이었다. 내가 사는 방은 보증금 500만 원에 월세 35만 원이었다. 영완도 크게 다르지 않은 처지였고 함께 살면 최소한 월세는 줄일 수 있었다. 월급 150만 원 중 월세와 적금을 제외한 나머지는 대부분 아버지 약값과 병원비로 들어갔다. 그래도 직장인인데 계절이 바뀔 때마다 옷을 두세 벌 구입하면 한 달 용돈은 2, 30만 원이 겨우 쥐어졌다. 가장 힘든 일은 영화나 책, 음악 시디에 들어가는 돈을 줄이는 것이었다. 책은 빌려 보고 음악도 블로그를 찾아 가며 들었지만 좋아하는 영화를 컴퓨터 화면으로 보는 것은 참 싫었다. 그래도 한 달에 한 번은 꼭 조조로 영화관에서 영화를 봤다. 좋아하는 것도 하지 못하고 내가 왜 사나, 하는 우울감이 밀려들 때도 나는 다이소로 갔다. 하나둘 내키는 대로 장바구니에 담으면 많아야 2만 원. 어차피 사야 할 물건들이니 낭비라고 생각되지 않았다.

쇼핑의 재미가 주는 행복감은 생각보다 컸다. 초라한 옷차림으로 백화점 매장에는 들어가기도 뭣했지만 다이소에서는 그 누구의 눈치도 볼 것 없이 하나씩, 천천히 물건들을 들여다봤다. 나는 일주일에 두 번은 다이소에 들렀는데 물건을 사지 않고 나올 때도 많았다. 아이쇼핑을 하다 보면 원인을 알 수 없는 만성적인 옅은 우울감에서 벗어날 수 있었다.

두 사람이 함께 살게 됨으로써 월세 걱정은 하지 않아도 된다고 좋아했지만 3500만 원으로 구할 수 있는 전셋집은 없었다. 무가지에 실린 '3500만 원 전셋집'이라는 줄광고에 솔깃해 찾아가면 지층인지 1층인지 알 수 없게 기울어진 집이 대부분이었고, 이 정도면 지층이 아니라 1층이지, 라고 말하는 주인의 미소마저 한쪽 입꼬리가 올라가 보였다. 그게 아니면 집을 보러 온다고 부랴부랴 청소해 놓았지만 곰팡이가 많이 피는 집이 분명했다. 세면대가 없는 화장실, 숨이 찰 정도로 언덕을 올라가야 하는 고지대의 집을 보고 돌아 나오는 길에도 나는 영완의 손을 잡아끌고 다이소로 향했다. 영완은 아무 말 없이 내가 바구니에 담는 대로 결제해 주었는데 아무래도 동거는 무리인가, 하는 생각이 밀려들었다.

다음 날 이런 집을 발견했다니! 하는 영완의 호들갑에 옷도 대충 걸치고 집을 보러 갔다가 화장실이 옆집과 같이 쓰는 공용이라는 것을 알았을 때, 나는 그곳에서 나오자마자 바닥에 퍼더앉아 엉엉 울었다. 우습게도 타인과 변기를 공유해야 한다는 것이 굉장히 수치스럽게 느껴졌다. 영완은 내가 실수했다며 저놈의 영감탱이가 화장실이 없다는 얘기는 하지 않았다고 위로하려 했지만 낚시질을 한 노인보다 꼼꼼치 못한 영완이 더 미웠던 것이 사실이다.

한 달간 발품을 팔아 3500만 원짜리 집을 겨우

구했다. 물론 월셋집이었다. 이 근방에서 이제 전셋집 구하기는 하늘에 별 따기였다. 월세는 23만 원. 이 정도도 꽤 좋은 조건이었다. 나보다 연봉이 높은 영완은 짐짓 남자다운 척 월세랑 가스비, 전기세는 자신이 부담하겠다고 했다. 나는 "그럼 장 보는 건 내가 할게."라고 새침하게 답했다.

둘이서 구한 집에 처음 들어간 날도 우리는 대강 짐을 정리하고 다이소로 갔다. 청소용품 코너로 가서 온갖 청소 도구와 바퀴벌레를 제거하기 위한 연막탄을 샀다. 단 하나라도 빠뜨리면 안 될 것처럼 온갖 청소 도구를 사서 돌아와, 집 구석구석을 청소했다.

세상에 청소 도구가 이렇게 많은지는 처음 알았다. 락스와 세제, 빨랫비누는 기본이고 변기가 막혔을 때를 대비한 기다란 막대기인 배수관 클리어, 쉽게 배수구 쓰레기를 처리할 수 있는 배수구망, 가죽 소파나 가죽 핸드백을 청소하는 가죽 클리너, 블라인드와 에어컨을 간편히 청소할 수 있는 블라인드 클리너까지. 이렇게 다양한 청소 도구를 갖춰 놓고 보니 우리가 10년은 함께 산 부부처럼 생각되었다. 청소를 함께 하는 것이 섹스를 하는 것보다 어쩌면 더 내밀한 행위라는 생각까지 들었다. 블라인드 클리너는 기다란 발톱 세 개가 달린 짐승의 발처럼 생겼는데 그 발톱에 천을 덮어씌워 놓았다. 그것으로 블라인드 청소를 하고 있으면 우리가 외국 영화의 커플처럼 생각될 정도로 이국적으로 느껴졌다.

짐 정리가 끝난 후 우리는 다이소에서 사 온 하트 무늬 머그컵에 원두커피를 따라 마셨다. 밤에는 역시 다이소에서 산 와인잔에 와인을 따라 한두 잔 마셨고 달큰한 와인 향 속에서 몸을 섞으려 했지만 끝내 잘 되지 않았다. 나는 그저 오늘 미처 사지 못한 물품들을 머릿속에 그리고 있을 뿐이었다.

월급날에는 꼭 다이소에 들러 쇼핑을 했다. 영완은 장바구니를 들고 옆에 서 있었고 내가 담는 것은 무엇이건 사 주었다. 다이소에는 우리와 같은 젊은 커플이 많았는데 사이좋게 장을 보는 커플들에게 동질감이 느껴졌다. 나는 가난한 연인들을 행복하게 해 주는 이 따뜻한 공간이 집에서 가깝다는 것이 다행이라는 생각마저 했다.

물론 다이소는 종종 나를 멍해지게 만들었다. 분명히 뭔가 필요해서 들어갔는데 그곳에서 나올 때는 그 무언가는 깡그리 잊어버리고 다른 물건이 손에 들려 있곤 했다. 2, 3일 지나서야 그날 진짜 사려던 것이 생각나 달려가면 반드시 그것보다 더 필요한 다른 무엇이 눈에 들어왔다. 아무래도 상관없었다. 잠시라도 기분이 좋으면, 쇼핑을 하면서 골치 아픈 것들을 머릿속에서 몰아낼 수 있다면, 1000원 2000원 정도의 돈은 전혀 아깝지 않았다.

처음에는 주로 1층에서 쇼핑을 끝내곤 했다. 5층까지 돌아보는 경우는 많았어도 필요한 것은 대개 1층에 있었다. 생리대, 면봉, 휴지, 인스턴트커피, 과자를 비롯한 주전부리도 1층에 있었다. 미리 날씨를 챙기는 습관 같은 건 없는 나는 비가 오면 늘 다이소에서 우산을 샀는데 변덕스러운 날씨가 마치 나와 새로운 물건 간의 인연을 만들어 주는 것 같았다. 나는 결코 똑같은 모양의 우산을 구입하지 않았다. 빨갛고, 노랗고, 파란, 그리고 도트 무늬의, 물결무늬의, 아라베스크 문양의 우산은 그날그날의 내 기분에 조금씩은 영향을 미쳤다.

언젠가부터 2층에서 보내는 시간이 더 많아졌다. 2층에는 생활용품과 주방용품이 다양하게 구비되어 있었는데 나는 이제 막 결혼한 새댁마냥 평소에는 살 생각을 하지 않던 물건들에 관심이 쏠렸다. 사람의 상체 모양의 판에 와이셔츠를 입혀 놓고 다림질을 할 수 있는 다용도 다리미판, 특별한 날 분위기를 낼 수 있는 티 라이트와 유리 캔들 홀더, 계란을 망가뜨리지 않고 조각내 주는 스테인리스 계란 절단기, 상큼한 요리의 맛을 살려 줄 레몬즙짜개까지. 왜 예전에는 이런 물건들이 눈에 띄지 않았을까 싶게 기발하고 유용한 상품들이었다. 물론 이런 물건들은 자주 사용하는 것은 아니었다. 하지만 그 희소성으로 인해 그 물건들은 좀 더 가치 있는 무언가로 여겨졌다. 좀 더 엄밀히 말하자면 그 물건으로 인해 얻게 된 경험이 그런 느낌을 주었다. 유리 캔들 홀더에 놓인 초에 불을 켜고 계란절단기로 계란을 자르면서, 레몬즙짜개로 돈가스에 레몬즙을 뿌리면서 나는 한 번 가려면 며칠간 궁색하게 살 것을 각오해야 하는 일류 레스토랑에 온 기분이 들었다.

다이소에서 산 물건 때문에 소비가 늘기도 했다. 동그란 구멍이 9개 달린 스카프걸이를 사 들고 온 날, 나에겐 스카프가 두 개밖에 없다는 것을 깨닫고 부랴부랴 두 개를 더 구입했고, 우드 버터나이프를 산 다음 날에는 제과점에서 식빵과 버터를 구입했다. 생각해 보니 버터처럼 잘 녹는 음식은 은이나 스테인리스 나이프가 아닌 우드 나이프가 더 잘 어울렸다. 그동안 스테인리스 나이프로 버터를 다룬 내가 둔감한 사람처럼 여겨졌다.

다이소는 물건을 사는 장소만이 아니었다. 그곳에서 우리는 수없이 많은 화해를 했다. 영완과 사소한 일로 크게 다툰 후 나는 화가 나서 집 밖으로 뛰쳐나왔고 하염없이 거닐다가 다이소로 들어갔다. 그곳에 들어갈 때만 해도 내일이면 당장 영완과의 동거를 정리하고 다시 나만의 방을 알아보겠다고 결심했다. 나는 숨을 고르며 물건들 사이를 스쳐 지나갔다. 그날따라 유난히 학창 시절을 떠올리게 하는 물건이 눈에 많이 들어왔다. 색연필을 비롯해 크레파스, 파스텔, 그리고 미니 칠판까지.

중학교에 들어갈 무렵, 나는 선생님이 사용하는 분필과 청색 칠판이 정말 갖고 싶었다. 나는 아버지를 졸라 작은 칠판을 사서 학교놀이에 빠져들었다. 혼자 선생님과 학생의 2인 역할을 하면서 놀면 아버지가 돌아오는 시간까지 심심하지 않았다. 어머니가 곁에 없었던 유년 시절과 학창 시절은 대체로 그렇게 흩날리는 기억뿐이었다. 집 안에는 먼지가 쉽게 쌓였고, 백묵 가루까지 더해져 아버지는 일을 마치고 집에 돌아와 한참 동안 걸레질을 하고서야 몸을 씻을 수 있었다.

왜 뜬금없이 지금, 이 미니 칠판을 보고 그 일이 떠오르는지 모를 일이었다. 눈물이 나려는데 영완이 물건들 사이로 얼굴을 내밀었다.

"혹시나 하고 와 봤는데 여기 있네?"

영완은 멋쩍게 웃으며 머리를 긁적였다. 나는 그의 손에 미니 칠판을 쥐어 주었다. 그는 계산을 하며 말했다.

"요즘도 이런 게 나오네?"

집에 돌아오는 길에 영완이 나에게 말했다.

"야, 너 나 없인 살아도 다이소 없인 못 살겠다?"

"겨우 2000원짜리 물건에 엄살이 너무 심한 거 아냐?"

"하긴, 강남 아줌마들은 하루에 한 달치 월급을 긁어 댄다더라."

영완은 백화점도 아니고 겨우 다이소에서 나에게 핀잔을 준 것이 미안하다고 했다. 나는 다이소에서 한 달치 월급을 긁어 대려면 정말 힘들겠다고 말하며 깔깔 웃었다. 한 달치 월급이 200만 원이라고 하면 2000원짜리만 산다고 해도 1000개의 물건을 사야 한다. 차로 두세 번은 날라야 하지 않을까? 끙끙대며 차로 물건을 나르는 영완을 상상하면 재미있다. 하지만 그런 쇼핑은 생각만큼 신나지 않을 것 같다. 고민하고 고민하면서 물건을 고르는 것이야말로 쇼핑의 묘미일 테니.

집에 돌아와서 나는 한참 동안 칠판에 무언가를 끼적이다가 잠들었다. 손가락에 하얀 분말이 묻자 이상하게 눈물이 흘러나왔다. 나는 분말에 눈을 맵게 하는 성분이라도 들어 있는 것처럼 손가락에 묻은 흰색 분말을 셔츠에 문질러 닦았다.

충동구매를 하는 경우는 대부분 향수를 자극하는 물건들이었다. 어린 시절을 떠올리게 하는 휴대용 연필깎이와 향기 나는 형광펜은 당장에 필요하진 않지만 별다른 고민 없이 장바구니 안으로 속속 자리를 잡곤 했다. 연필을 쓸 일은 많지 않았지만 연필깎이의 작고 비밀스러운 구멍 안에 연필을 넣고 돌리다 보면 생각이 정리되곤 했다. 향기 나는 형광펜을 잡으면 중학교 시절 교과서에 밑줄 긋던 생각이 났다. 국어 선생님을 짝사랑하던 나는 선생님의 밑줄 그어라, 라는 말을 형광펜의 상큼한 향기와 함께 기억하고 있었다. 다이소는 그것마저도 잘 파악하고 있는 것 같았다. 그 시절에는 불량식품이라고 폄하되던 쫀드기와 같은 옛날 간식들이 다이소 진열대 몇 칸을 떳떳이 점거하고 있었다.

고교 동창을 만나기로 한 날, 차가 밀려 늦을 것 같다는 친구의 문자를 받고 늘 그렇듯이 다이소 안으로 걸어 들어갔다. 안 그래도 사야 할 물건이 있던 참이었다. 내 귀에는 얼마 전에 영완이 사준 14K 귀걸이가 아슬아슬하게 걸려 있었다. 귀걸이 뒤꽂이를 잃어버린 탓에 불안하지만 귀에 애매하게 꽂고 나온 것이다. 덜렁거리는 성격 탓에 늘 귀걸이 뒤꽂이를 잃어버려 중요한 날에는 착용하지 못하는 경우가 허다했다. 엊그제 영완은 다이소를 샅샅이 뒤졌지만 귀걸이 뒤꽂이만 따로 팔지는 않더라며, 다이소에도 없는 게 있더라고 했다. 나는 고개를 끄덕이면서도 영완이 찾지 못했을 것이라고 생각했다. 내 기억에 다이소에는 없는 게 없었다. 블라우스의 가슴 부분이 벌어져 찾아 헤매었던 똑딱단추도, 디지털 체중계의 동그란 건전지도, 치마와 바지에 달면 쉽게 지퍼를 여닫을 수 있게 해 주는 후크도 그곳에 가면 찾을 수 있었다. 다이소가 생기기 전에는 물건값보다 더 비싼 배송료를 부담하며 구입하던 물건들이었다.

귀걸이 뒤꽂이를 찾다가 30분이 훌쩍 지나갔다. 나는 약속 장소에 도착했다는 친구의 문자를 확인하며 카운터로 다가가 귀걸이 뒤꽂이는 없느냐고 물었다. 직원은 고개를 갸웃하며 말했다.

"그것만 모아 놓은 건 없어요. 정 필요하시면 귀걸이를 하나 사시면 어때요?"

"귀걸이를요?"

"1000원짜리 귀걸이가 있거든요. 뒤꽂이가 같이 있으니까요."

"그럼 그 귀걸이는 어떻게 해요?"

직원이 우물거리는 사이 나는 "그럼 귀걸이는 버리라는 건가."라고 중얼거리며 귀걸이가 진열되어 있는 미용용품 코너로 다가갔다. 어린애들이나 할 법한 조잡한 플라스틱 귀걸이가 1000원 태그를 달고 걸려 있었다. 나는 플라스틱 귀걸이를 손에 집어 들고 카운터로 다가가 계산한 후 약속 장소로 서둘러 달려갔다.

친구는 임신을 했다고 기뻐했다. 5년간 아기가

안 생긴다고 양가에서 하도 걱정을 하는 통에 스트레스를 받아 더 힘들었다고 푸념했다. 친구는 세 차례의 시험관 아기 시술 끝에 성공했다. 나는 집에 돌아오는 길에 아기가 안 생겨서 안 낳는다는 핑곗거리라도 있으면 좋겠다고 중얼거렸다. 시험관 아기는 돈이 없는 사람은 시도조차 할 수 없다.

그때부터였을까. 다이소에 갈 때마다 유난히 아기용품이 눈에 들어왔다. 베이비버블 샴푸캡은 아기 머리에 씌우는 스티로폼 재질의 모자인데 이것을 씌우면 눈에 샴푸가 들어갈 염려를 하지 않아도 된다. 이 물건을 보고서야 알게 된 사실이지만 아기들은 목욕할 때 눈에 거품이 들어가 따가워하는 경우가 많은 모양이었다. 인터넷 제품 후기를 찾아보니 정작 아기들이 욕조에서 캡을 벗어 장난감으로 사용하는 경우가 많아 제 역할을 하지 못하는 경우가 많았다. 그래도 목욕을 시키는 동안 정신을 다른 곳에 팔리게 할 수 있으니 그것만으로도 활용 가치가 크다 할 것이다. 해바라기처럼 머리에 샴푸캡을 뒤집어쓴 아기라니. 아기 목욕을 시켜 본 적도 없는 나는 마치 저 물건을 수십 번은 사용해 본 사람처럼 기분이 좋아졌다. 바가지처럼 생긴 남아 소변기를 보면 오줌이 마렵다고 칭얼대는 사내아이가 떠올랐다. 사내아이를 화장실에 데려가 어른용 변기에 억지로 앉히는 것보다 높이가 맞는 유아 소변기를 대어 주는 것이 인격적으로 대접해 주는 것이란 생각이 들었다. 유아용 변기 커버는 어른 머리에 왕관처럼 씌워질 것처럼 자그마했다. 유아용 변기를 설치하려면 돈이 얼마나 들까 생각하며 물건을 들여다봤다.

나는 어느새 다이소의 모든 층에서 물건을 구입하게 되었다. 혼자 살 때는 들여다보지도 않던 코너에서 오래도록 시간을 보냈고 살까 말까를 고민했다. 주방용품, 미용용품, 인테리어용품…… 이렇게 물건을, 생활을 세분화하는 것은 삶의 질을 풍요롭게 만드는 것 같았다. 물건들이 나를 쉬어 가게 해 주는 것 같았다. 음식을 먹을 때 그에 맞는 분위기의 식탁을 꾸미는 것, 그 음식에 걸맞은 그릇을 찾아내는 것, 싸구려지만 조금이라도 격조가 있어 보이는, 언젠가는 거장이 될지 모르는 아마추어 예술가의 도자기 작품을 찾아내는 것은 생계를 위해서만 살아가는 것과는 다르다고 생각했다. 나는 갖가지 물건의 용도에 집중하는 것에 즐거움을 느꼈다. 돈이 많이 드는 것도 아닌데 그것을 하지 않을 이유가 없었다.

가을이 되자 결혼식이 늘었다. 나는 영완 친구의 결혼식에 동행했고 내 친구의 결혼식 때 역시 영완과 동행했다. 모두 평균적인 결혼식이었다. 남자 쪽이 1억에서 3억 사이의 전셋집을, 여자는 3000만 원 정도의 혼수를 해 가는 결혼식. 눈꼴이 실 정도로 운이 좋은 친구는 시댁에서 사 준 7억짜리 아파트에서 시작하게 되었지만 남편의 차를 함께 타고 다녀야 하는 것이 창피하다고 했다. 그녀의 일과는 점점 불러 오는 배를 붙들고 백화점 문화센터 강좌를 듣는 것이었다. 그녀는 명품관과 백화점을 제집처럼 드나들었다. 산달이 다가오면서 그녀의 쇼핑은 횟수를 더해 갔고 나는 그녀의 부탁으로 몇 번 그녀의 쇼핑길에 동행했다. 그녀가 명품관에 들어서자 직원들이 환한 미소로 반겼다. 그녀는 큰 고민 없이 명품을 구입했고 쇼핑을 하면 우울감이 가신다고 했다. 나는 그런 것이 그리 부럽지는 않았다. 하지만 그 친구의 불행을 은근히 바랐는지도 모르겠다. 저렇게 부유한 부부는 3년이 되기 전에 균열이 생길 것이라고 생각했다. 사업을 하는 친구 남편이 나이 어린 여자와 놀아날지도 모른다. 그 사실을 알게 된 친구는 이혼녀라는 오명을 뒤집어쓰기 싫어 우울증 치료를 받아 가며 쇼핑에 몰두하다가 쇼윈도 부부로 살아가겠지. 그럼 친구의 집 안에 진열된 값비싼 물건들은 생기를 잃고 말 것이다. 물론 그런 생각을 할 때면 스스로가 더없이 초라하게 느껴졌다.

결혼식이 있고 몇 달 안 되어 영완 친구의 집들이에 초대받았다. 그곳에는 영완의 고교 동창 다섯 명이 각기 짝을 지어 모여 있었다. 30평 남짓 되는 그 집은 안주인의 성격을 드러내 보여 주듯 인테리어가 세련되었다. 하지만 그날 내 시선을 잡아 끈 것은 그 집이 아니었다. 동석한 커플 중 한 엄마가 데려온 두 살배기 아들에게 나는 자꾸 시선이 갔다. 아기의 노란색 턱받이와 분홍색 털모자, 아기가 몸에 걸친 옷이 모두 예뻤다. 아기가 손에 든 소리 나는 물건은 내가 어린 시절에 갖고 놀던 것인 양 낯이 익었다. 하지만 그 모든 것은 '아기'라는 작은 존재의 매력에 비할 바가 아니었다. 아기의 유리알 같은 동그란 눈, 실핏줄이 들여다보이는 투명한 피부, 소시지 같은 작은 혀, 쉴 새 없이 움직이는 입술, 힘을 주는 대로 형태가 변하는 점토처럼 다양하게 변하는 표정. 그 모든 것은 너무나 만져 보고 싶어서 다가갔다가도 명품관에 놓인 핸드백처럼 생경하게 느껴져 금세 의도적으로 눈길을 돌리게 했다. 눈치 없는 영완이 "네 애야? 왜 그렇게 힐끔힐끔 쳐다봐?"라고 해서 한바탕 웃음이 터졌다. 나는 온갖 재롱을 떠는 아이를 지켜보며 머릿속에서 아이를 우리 집으로 옮겨다놓았다. 여름이면 곰팡이가 올라오는 방에서도 저 아이는 저렇게 웃을까? 생각만 해도 한숨이 나왔다.

가벼운 연애로 시작한 우리의 관계는 공식적으로 결혼할 사이로 굳어져 가고 있었다. 우리는 취향이 잘 맞았고 대화도 잘 통하는 편이었다. 한쪽이 다른 한쪽에게 크게 의존하지 않아 다툴 일도 많지 않았다. 그런데 이상하게도 나는 영완과 결혼하는 것을 상상하기 힘들었다. 그와 한 공간에서 함께 있는 것에 불편함을 느낀 적은 없지만 아이를 낳아 키우는 것은 상상할 수 없었다. 만삭인 나를 위해 길에서 손을 잡아 주는 영완을, 터진 살에 로션을 발라 주는 영완을, 분만실에서 탯줄을 자르며 눈물 흘리는 영완을, 막 출산한 나를 안쓰러운 눈길로 내려다보는 영완을 나는 상상하기 힘들었다. 더 나아가는 것은 아예 불가능했다. 기저귀, 젖병 같은 아기용품을 구입하는 영완을, 아장아장 첫걸음마를 뗀 아이를 향해 팔을 벌려 주는 영완을, 아이 손을 잡고 어린이집 버스를 기다리는 영완을 나는 상상할 수 없었다.

동거를 시작한 지 2년이 되었을 때, 영완이 혼인신고를 하자고 했다. 나는 아기가 생기면 하자고 말했다. 영완은 아무렇지도 않게 말했다.

"아기? 그건 아무래도 무리지."

"아기를 낳지 말자는 거야?"

영완은 바닥에 펼쳐 놓은 신문을 넘기며 말했다.

"그게 아니라 지금 우리 생활도 빠듯한데 아기를 어떻게 낳아. 4, 5년 뒤면 가능할까."

"그때면 난 노산 중에서도 노산이라 아기를 못 낳을지도 몰라."

말은 그렇게 하면서도 영완이 당장 아기를 낳자고 하면 자신이 없기도 했다. 지금 당장 아기를 낳는 것은 동거로 인해 얻게 된 자그마한 삶의 여유를 포기하는 것이었다. 매달 영화 한 편 보지 못하고 아기용품 말고는 어떤 것도 쇼핑 목록에 추가하지 못하는 삶이라니. 생각만 해도 싫었다. 하지만 마흔 살까지 출산을 미루다가 영영 아기를 갖지 못한 채로 사는 것 역시 상상하기 힘든 건 사실이었다. 영완은 신문을 한 장 더 넘기며 말했다.

"입양을 해도 괜찮을 것 같아. 마흔 정도면 자리 잡힐 거고. 그때 다섯 살쯤 된 애를 입양하는 건 어때? 난 핏줄에 대한 집착 그런 거 없어. 그런 건 다 환상일 뿐이야. 부모 자식 간에 돈 때문에 서로 죽이는 세상이라고."

우리는 한 번쯤 이 일로 티격태격하긴 했지만 이후로 이 이야기가 화제에 오른 적은 없다. 나 역시 나를 닮은 아이를 반드시 세상에 내놓아야 한다고 생각하는 건 아니었다.

나는 다음 날 퇴근길에 다이소 2층에서 물건들을 둘러봤다. 늘어만 가는 살림살이 때문에 수납 상자를 더 구입할 생각이었다. 공중에 달 수 있는 부직포 7단 서랍식 정리함을 바구니에 담았다. 자투리 공간을 활용할 수 있고 영완의 모자를 깔끔히 정리할 수 있을 것 같았다. 베이지색이니 원목과 녹색 위주로 꾸민 방과의 조화를 해칠 염려도 없었다. 잠시 후 기다란 인형이 눈에 들어왔다. 다시 보니 부츠키퍼였다. 부츠 안에 넣으면 부츠를 구김 없이 보관할 수 있었다. 부츠에 개구리 두 마리가 들어간 모습을 상상하며 바구니에 넣었다. 그 옆에는 'DIY 인형 만들기'라는 제품이 있었다. 완제품이 아니라 인형 만드는 재료가 든 것으로 스스로 인형을 완성하게 되어 있었다. 주말이 무료하던 참에 이런 취미를 가져 보는 것도 좋겠다 싶어 5000원이 넘는 제품이지만 장바구니에 넣었다. 날이 갈수록 예전에는 볼 수 없던 값나가는 제품이 속속 들어오고 있었다. 하지만 늘 1000원, 2000원에 쇼핑을 하다 보니 가끔 이곳에서 5000원 이상의 물건을 구입하는 것이 사치라는 생각은 들지 않았다.

"어린애도 아니고 인형놀이는."

주말에 영완은 인형을 만드는 나를 보며 피식 웃었다.

"원래 이런 건 아이들하고 만들어야 하는 건데…… 예전에 친구가 태교로 이걸 만들더라고. 그래서 한번 사 봤어. 되게 재밌어 보였거든."

확실히 인형 만들기는 재미있었다. 10분이면 끝나는 쉬운 작업인데도 완성해 탁자에 올려놓으면 괜히 뿌듯했다.

나는 두 달 후에는 '베란다 새싹 만들기'라는 제품에 푹 빠져 버렸다. 내가 가장 갖고 싶은 건 다름 아닌 베란다였다. 하지만 우리가 살 수 있는 가격대의 집에서 베란다 같은 것은 기대할 수 없었으므로 베란다 없이도 작은 정원을 만들 수 있는 이 제품은 나를 행복하게 해 주었다. 2000원씩 하는 페퍼민트와 레몬밤 씨앗을 사 와 물을 주고 며칠 기다려 초록색 머리가 돋아나게 하는 '놀이'에 나는 한동안 정신이 없었다. 물 주는 것을 잊어버린 날, 나는 점심시간에 잠시 집에 들렀을 정도로 집 안의 식물들에게 애착을 느꼈다.

한두 개의 식물에 만족할 수는 없었다. 나는 며칠 뒤 샐비어와 백일홍을 사 와서 화분에 심고 하루에도 몇 번씩 들여다봤다. 그러고는 화초가 자라는 동안 어렸을 때 샐비어를 뽑아 뒤꽁무니의 달콤한 즙을 빨아 먹던 생각에 들떠 있었다. 몇 달간 인터넷을 뒤져 가며 화초 키우기에 열중했다. 이 즐거움은 인형 만들기에 비할 바가 아니었다. 중간에 죽어 버리면 어쩌나 하는 생각에 안절부절못하다 보면 일터에서 받은 스트레스는 금세 잊어버렸다.

영완은 그런 나를 어이없어하면서도 가끔은 화초가 얼마나 자랐는지 궁금해하는 눈치였다.

"아이랑 같이 화초 키우면 재밌을 텐데. 오른쪽 끄트머리 집에 사는 여자는 다섯 살짜리 딸이랑 정원 가꾸더라."

영완은 피식 웃으며 한마디를 던졌다.

"혹시 너 말이야, 나 들으라고 그러는 건 아니지?"

"그게 무슨 소리야?"

"꼭 시위하는 것 같아. 너 요즘 임신, 아기 그런 말 입에 달고 살아. 한동안 아기 얘기 같은 건 안 하기로 했잖아. 솔직히 요즘 돈 없어서 아이 못 낳는 사람이 한둘도 아니고."

나는 솔직히 너는 단지 돈이 없어서 아이를 낳지 않는 것이 아니지 않느냐고 쏘아붙이려다가 가까스로 참았다. 나는 퉁명스럽게 말했다.

"자기 먹을 건 다 갖고 나온다더라."

영완은 자세를 고쳐 앉으며 말했다.

"분명히 말하는데 난 정말 아기 생각 없어."

"그건 또 무슨 소리야? 전에는 4, 5년 뒤에는 할 수 있다고 했잖아."

영완은 그것은 나를 위해서지 자신이 원해서는

아니라고 했다. 나는 그럼 평생 혼자 살지 왜 연애는 하고 동거는 하냐고 소리쳤고 영완은 자기는 나만 있으면 된다고 했다. 말다툼은 흐지부지 끝났지만 그 일은 과연 나 자신이 정말로 아이를 원하는가에 대해 깊이 생각해 보게 해 주었다. 그즈음의 나는 현실에서 어떤 불안을 느끼고 있었다. 그리 하고 싶은 일은 아니지만 생계를 위해 직장에 나가고, 끼니를 거를 정도는 아니지만 그렇다고 넉넉하지도 않은 생활에 나는 지쳐 가고 있었다. 생활하는 데 큰 지장은 없지만 결혼을 하고 아이를 낳아 키울 수는 없는 애매한 상황은 불같은 연애 감정이 사그라진 이후로 이상한 불안감으로 나를 자극했다. 나는 쳇바퀴처럼 돌아가는 단조로운 일상이 불만스러웠다. 나만 있으면 된다는 영완의 말이 진심이 아니란 것은 알고 있었지만 나는 영완처럼 너만 있으면 된다고 말할 자신이 없었다. 회사와 집, 그리고 다이소를 오가는 나보다는 하품을 하며 밤새 아기의 울음소리에 잠을 설쳤다고 불평하는 친구의 삶이 좀 더 진짜에 가까워 보였다.

나는 계속해서 생활에 윤활제가 되어 줄 무언가를 찾아다녔다. 개를 키우는 것도 그중 하나였다.

처음에는 개를 떠맡긴 친구를 원망했지만 칭얼대는 보드라운 개는 나에게 더없이 소중한 존재였다. 개에게 음식을 먹이고, 목욕을 시켜 주는 것에서 나는 행복감을 느꼈다.

영완을 만나기 전, 1년 정도 혼자였을 때 문득 이래서 사람들이 자살하나 보다, 생각한 적이 있다. 외로움이 켜켜이 쌓이던 때였고 나는 그 누구에게도 외롭다고 말하고 싶지 않았다. 밤중에 영문 모를 외로움이 깊이 다가올 때 그것은 분명한 형체를 띠고 있진 않았지만 나는 방 안에 내가 싫어하는 누군가가 가부좌를 틀고 앉아 있는 것 같은 께름칙한 기분이 들었다. 그런 날에는 별다른 이유 없이 가위에 눌리곤 했다. 주말 아침에 12시까지 자리에서 일어날 생각도 하지 않고 누워 있거나 밤늦게 혼자서 소주 한 병을 비워 낼 때면, 순간적으로 엄습하는 '더 이상 살고 싶지 않다. 이제 겨우 서른이라니.'라는 생각은 참으로 뜬금없었다. 사소한 일로 친구와 독기 서린 말을 주고받고, 회사에서 상사에게 시달리던 그해 겨울, 죽어 버렸으면 좋겠다고 생각했을 정도로 심하게 몸살을 앓은 날, 따뜻한 체온을 전달하며 품에 안겨 드는 강아지

덕에 자리에서 일어날 수 있었다.

그때나 지금이나 내가 가장 고심하며 고르는 물건은 애견용품이었다. 나는 혹시나 해로운 음식을 먹일까 봐 애견 간식 포장지에 적힌 성분표를 유심히 읽고서야 바구니에 넣었다. 계절마다 강아지 옷을 바꾸는 내게 영완은 극성스럽다고 말했고 나는 그것이 아이 교육에 극성을 떠는 엄마에게 던지는 비아냥인 것 같아 깔깔 웃었다.

"나 돈 더 많이 받는 일 알아볼까? 우리 초롱이 이렇게 좁은 데서 키우기 싫어."

어느 날 밥상머리에서 이렇게 말했을 때 영완은 헛웃음을 지으며 개가 뛰어놀 수 있는 집이려면 최소한 20평은 돼야 할 거라며 자신이 좀 더 열심히 일해서 승진하겠다고 했다. 나는 집은 좁아도 상관없으니 마당 있는 집을 구해 보자고 했다. 개가 마당에 나가 소변을 누며 영역 표시를 하고, 화초에 코를 대고 킁킁거리는 모습을 상상만 해도 즐거웠다.

1박2일로 지방에 다녀온 적이 있다. 영완은 기회라고 생각했는지 그날 친구들과 밤을 지새워 술을 마셨다. 나는 다음 날 점심때가 되어서야 그 사실을 알았고 집에서 배를 곯고 있을 초롱이를 생각하며 속을 끓였다. 우리는 전화로 크게 다투었는데 그는 개새끼 밥 주는 게 뭐가 그리 중요하냐고 했고 나는 함께 아이를 낳아 놓고 육아는 여자 몫이라고 생각하는 남편을 마주한 기분이었다. 나는 종각역에 닿자마자 다이소로 향했다. 나는 빠르게 애견용품을 쓸어 담았다. 친환경 애견 샴푸, 개가 좀 더 자유롭게 움직일 수 있는 긴 목줄, 안전라이트와 치석 제거 간식……. 전속력으로 달려 현관문에 열쇠를 꽂는 순간 안에서 초롱이가 끙끙대는 소리가 들려왔다. 문을 열자 개는 품에 안겨 들었다. 나는 하루하고도 반나절이나 굶은 개에게 얼른 밥을 준 다음 영완에게 전화를 걸어 화를 내려다가 수화기를 내려놓았다. 어쨌든 개가 아기는 아니었으므로 공동 육아에 대한 주장을 펼칠 기분은 아니었다.

그날 밤, 나는 안전라이트를 개의 목에 걸어 주고 산책을 시켰다. 버튼을 누르면 빛이 나기 때문에 목줄을 걸지 않아도 개의 위치를 쉽게 알 수 있었다.

"도로공사장에서 인부들이 달고 다니는 걸 강아

지에게 사 주고 앉았네."

영완이 혼잣말처럼 중얼거렸다. 그 말을 시발점으로 우리는 목청을 높여 싸웠다. 함께 키우는 생명체에 대한 존중감을 가지라고 나는 버럭버럭 소리를 질렀다.

"주인은 들어오지도 않고 이틀간 밥도 못 먹은 강아지에게 안전라이트 사 준 게 아까워?"

그때 젊은 부부가 서너 살 난 아이의 손을 한쪽씩 잡고 우리 곁을 스쳐 지나갔다. 나는 갑자기 전투력이 상실되어 개를 데리고 집으로 들어와 버렸다. 소꿉장난을 하던 중 소꿉장난이라는 것을 잊어버리고 모래 밥을 입에 넣다가 옆집 친구에게 들켜 버린 기분이었다.

다음 날 로션이 떨어졌다는 내게 영완은 다이소에서 2000원짜리 로션을 사다 주었다. 나는 그것을 즉시 쓰레기통에 던져 넣으며 나는 피부가 예민하므로 기초 화장품만은 좋은 걸 쓰고 싶다고 소리를 질렀다. 싸구려 물건만으로는 해결되지 않는 부분이 분명히 있었지만 드러나지 않는 부분에서는 싸구려 물건으로 참아낼 수 있었다. 하지만 선배의 결혼 선물은 싸구려 물건으로 대체할 수 없었다. 중요한 날에 하는 너무 값싼 선물은 오히려 안 하는 것만 못하기 때문이다. 친언니가 낳은 아기에겐 10000원짜리 시장 옷을 선물할 수 있지만 직장 선배가 낳은 아기에게 10000원짜리 옷을 선물할 수는 없으므로 백화점 세일 기간을 놓치지 않고 찾아가 백화점 종이봉투에 담아 선물했다. 사회생활을 하는 사람인 이상 다이소가 아닌 곳에서 물건을 사야 할 일은 때때로 생겨났다. 물건은 곧 마음이기도 하고, 나 자신이기도 했으므로 나는 물건에서 결코 자유로울 수 없었다.

많은 계절이 많은 물건과 함께 흘러갔다. 그해 어떤 일이 있었는지는 정확히 기억나지 않지만 그해 계절이 바뀔 때 산 물건들은 또렷이 기억난다. 그 물건들을 어떤 이유로 내다 버렸는지는 기억나지 않지만 그 물건을 처음 발견했을 때의 반가움은 희미하게 남아 있다. 영완과 함께 살기 시작한 첫해 겨울, 나는 다이소에서 어린 시절에 사용했던 손난로를 구입해 출근길에 영완의 주머니에 넣어주었다. 비싸서 자주 사 먹지 못하는 군고구마도 다이소 법랑 고구마 냄비 덕분에 겨울 내내 먹을 수 있었다. 불을 올린 것을 까먹고 조는 바람에 하마터면 집을 홀라당 태워 먹을 뻔했지만 고구마와 우유는 환상의 조합이라며 아침을 챙겨 주던 영완의 따뜻한 미소는 영원히 잊지 못할 것이다.

동거를 시작한 지 4년, 우리는 건조한 대화를 나누며 식사를 했다. 그즈음 나는 유리 캔들 홀더에 담긴 초에 불을 켜는 것도, 각양각색의 그릇에 음식을 담는 것도 싫증이 난 상태였다. 우리는 같은 공간에 있었지만 서로 다른 물건들에 둘러싸여 있었다. 우리는 각자의 방에서 잘 나오지 않았고 서로의 방에 들어가서 발견하는 물건들로 서로의 관심사를 짐작할 뿐이었다.

동거를 막 시작한 4년 전만 해도 나는 그에게 좀 더 돈을 벌 것을 낮은 어조로 꾸준히 요구했다. 결혼을 하고 아이를 가지려면 얼마큼의 수입이 필요한지를 설명했다. 하지만 집안의 빚을 갚느라 지칠 대로 지친 그에게 요즘은 아무런 말도 하지 않는다. 영완의 아버지가 최근에 벌인 일마저 실패한 이후로 영완은 아버지가 전화하면 받지도 않았다. 하지만 어머니에게 다달이 보내던 생활비는 여전히 보내는 눈치였다. 나는 영완에게 나이 든 부모를 외면하라고 말할 수는 없었다. 나는 다만 비슷한 용도의 물건을 계속해서 모을 뿐이었다.

연말이 되자 영완의 얼굴을 보기가 더 힘들어졌다. 그는 야근이 잦았고 이런저런 모임에 불려 다녔다. 역시 직장 생활에 지친 나는 영완을 기다리다가 먼저 잠드는 일이 많아졌다.

나는 어느 날 밤 무언가가 서로 부딪히는 소리에 깨어났다. 밤늦게 만취해 들어온 영완이 내 방 한구석에 높게 쌓인 물건들을 벽을 향해 마구 던지고 있었다. 젖병과 딸랑이, 배냇저고리, 턱받이, 속싸개, 수유 쿠션, 젖병 소독기, 아기띠와 힙시트……. 그것들이 서로 부딪혀 내는 소리는 기이하고 생뚱맞았다. 영완은 나를 향해 무언가 알아들을 수 없는 말을 중얼거리다가 더 이상 던질 물건이 없자 침대 위에 쓰러져 잠들었다.

다음 날 영완은 전날 밤의 일을 기억하지 못하는 것 같았고 나 역시 아무 말 하지 않았다. 나는 가슴이 답답해져 물건을 몇 개 더 구입해 비닐도 뜯지 않고 방 한구석에 쌓아 두었다.

다이소의 품목은 갈 때마다 다양해졌다. 매달 전달에는 보지 못한 물건들이 들어와 있었다. 하지만 백 퍼센트 마음에 드는 물건을 만나는 것 또한

드문 일이었다.

다이소 매장을 거닐다가 손에 한두 개의 물건을 들고 문득 저쪽 구석을 돌아봤다. 소실점 끝에 뭔가 독특한 물건이 보이는 것 같았다. 얼핏 A 같기도 하고 B 같기도 한 그것이 무엇인가 싶어 다가가면 그다지 특별할 것 없는 물건이었다. 그 물건을 만지작거리다가 또 오른쪽 끝으로 시선을 돌리면 소실점 끝에 색다른 물건이 보이곤 했다. 그날 나는 무려 세 시간 동안 1층부터 5층까지 매장을 샅샅이 훑었지만 어떠한 물건도 장바구니에 담을 수 없었다.

더 이상 쇼핑에 흥미를 느끼지 못할 때쯤 우리의 지난한 연애도 막을 내렸다. 우리는 주말마다 습관처럼 다이소에 가서 장바구니에 무언가를 담았는데 언젠가부터 쇼핑을 하면서 아무런 대화도 나누지 않게 되었다. 그곳에 가는 것마저 귀찮아질 무렵, 우리는 말없이 각자의 짐을 정리하고 있었다. 영완은 대부분의 물건을 미련 없이 재활용 쓰레기로 문밖에 내놓았다. 나는 이삿짐센터에 가서 커다란 바구니를 몇 개 얻어 와 짐을 차곡차곡 담았다. 버리는 데 가장 큰 고민을 안겨 준 것은 3~5층에서 가져온 물건들이었다. 이제 제법 잎을 무성하게 단 화초들, 애견용품들, 그리고 언젠가 필요할 수도 있는 아기용품들. 나는 그것들을 버리지 않고 바구니에 담았다.

아무 생각 없이 한가득 다이소 장바구니를 채우던 나는 아무렇지도 않게 오늘이 함께 쇼핑하는 마지막 날일 거라고 말했다. 영완은 그 자리에 우뚝 서더니 정말 필요한 것을 하나 골라 보라고, 선물하고 싶다고 했다. 나도 영완에게 한 가지를 고르라고 했다. 우리는 10분 후 애견용품 코너에서 만나기로 하고는 헤어졌다.

여전히 반짝거리는 물건들이 눈앞에 펼쳐진다. 저 멀리 소실점처럼 보이는 곳이 애견용품 코너다. 그곳까지 천천히 걸어가며 필요한 물건을 물색한다. 발을 옮길수록 물건들이 조금씩 윤기를 잃어 가는 것 같다. 나는 귀걸이 뒤꽂이를 만지작거린다. 원래는 조잡한 분홍색 플라스틱 귀걸이의 짝이었던 귀걸이 뒤꽂이. 짝을 잃은 귀걸이를 어디에 두었더라? 10분이 지났지만 필요한 것을 찾지 못했다. 사야 할 것이 있었는데 뭐였더라……? 고개를 굽혀 블루베리 향이 나는 초를 들여다보는데 오른쪽 코너에 독특한 색감의 물건이 시선을 잡아끈다. 빠른 걸음으로 물건을 향해 다가갔는데 지난번에도 봤던 것과 비슷한 물건이다. 사 놓고 몇 번 쓰지도 않고 버린 물건. 그렇게 몇 바퀴를 돌다가 시계를 보니 20분이나 지났다.

성급히 애견용품 코너로 갔지만 영완은 보이지 않는다. 이리저리 고개를 돌려 보지만 영완은 없다.

세븐 어 클락

매일 5분씩 늦던 은혜는 무슨 바람이 불었는지 한 시간이나 일찍 와서는 나에게 일찍 들어가서 쉬라고 재촉을 해 댔다. 그동안 지각을 자주 한 것을 마음에 두고 있었던 모양이다. 대학 3학년인 은혜는 종강을 했다면서 내일도 9시에서 2시까지 대타를 서 주기로 했다. 요 며칠간은 내가 은혜가 펑크 낸 시간을 자주 메워 주었다. 남자 친구랑 다퉈서, 도무지 아르바이트할 기분이 아니어서, 시골에서 갑자기 엄마가 올라와서, 생리통이 심해서……. 사정도 매번 제각각이었다. 그래서인지 은혜는 방학 동안은 내가 사정이 생겼을 때 얼마든지 대타를 서 주겠다고 입버릇처럼 말했다. 말이 그렇지 은혜는 방학 중에 돈을 더 벌고 싶은 눈치였다. 내가 일하는 시간도 나눠 갖고 싶은 눈치였는데 나 역시 일하는 시간을 나눠 줄 처지는 못 되었다. 아침 7시부터 저녁 7시까지 일하고 있는 내게 은혜는 방학 동안 하루 한 시간씩만 나눠 달라고 했다.

"6시까지만 하고 들어가서 남편 저녁 준비하면 좋잖아. 방학 동안은 나한테 맡겨 두고 좀 쉬어. 정말 억척스러운 아줌마야."

은혜는 여자들이 꺼리는 야간 아르바이트도 겁내지 않았다. 함께 일한 지 겨우 2주가 되었을 뿐인데 10년 전부터 알고 지낸 것처럼 큰언니뻘인 나에게 반말은 기본이었다. 말투도 괄괄한 데다가 억척스러운 걸로 치면 30대 중반인 나보다 한 수 위였다. 하지만 일찍 퇴근해도 집에 들어갈 수 없는 내 사정을 은혜가 상상이나 할 수 있을까.

건물 밖으로 나오자 파란색 이케아 건물이 보였다. 개봉박두. 어느새 개점일이 내일로 다가왔다. 회전문을 통해 밖으로 나오는 사람들이 보였다. 정식 오픈은 내일이지만 한정적으로 사람들의 출입을 허용하고 있는 모양이었다. 이케아 주변은 개점일을 앞두고 근 한 달간 분위기가 들떠 있었다. 신분이 귀한 도련님의 탄생일을 기다리는 것처럼 언론 매체는 물론이고 광명 시민들의 관심이 이곳으로 쏠려 있었다.

천천히 걸었는데도 놀이터에 도착한 시간은 6시 30분이었다. 나는 아파트 앞 놀이터 그네에 앉아 벌벌 떨며 9층인 우리 집을 올려다봤다. 땅을 몇 번이나 굴러 그네를 타도 추위는 가시지 않았고 어디선가 복면을 한 사람이 튀어나올 것 같아 으스스했다.

정확히 7시가 되자 거실 불이 꺼졌다. 나는 눈만 보이게 목도리를 얼굴에 둘둘 만 상태로 10동 입구 쪽으로 걸어갔다. 입구의 자동문이 열리고 검은색 트레이닝복과 검은색 비니를 쓴 남편이 나왔다. 지난여름까지만 해도 새하얀 주방장 모자를 쓰고 위생복을 입고 일했는데. 남편은 아주 오래 전부터 택배상하차 일을 한 것처럼 저 패션이 어색하지 않았다.

나는 남편이 보이지 않는 것을 확인하고 10동 입구로 들어가 엘리베이터에 올라탔다. 9층에서 내려

디지털 잠금장치를 해제했다. 현관문을 닫자 냉장고 돌아가는 소리만 들렸다. 나는 식탁 위의 작은 불만 켜 놓은 채로 원두커피를 내렸다. 아직 남편의 냄새가 가시지 않았다. 발코니에서 창문을 열고 담배를 피웠을 것이다. 우유에 시리얼을 말아 먹었겠지. 설거지를 하고 양치를 한 다음 일하러 나간 것을 냄새만으로도 알아챌 수 있었다. 식탁 위에는 돈 봉투가 놓여 있었다. 그 돈만이 내가 그와 아직 연결되어 있다는 것을 실감케 해 주었다. 나에 대한 애정이 대단해서는 아닐 것이다. 그는 그저 같은 공간에 있는 고양이에게 먹이를 나눠 주듯 매달 내게 생활비를 건네주는 것이다. 남편은 그런 사람이었다.

남편이 밤낮 바뀐 생활을 한 지도 벌써 두 달째였다. 우리는 전에 살던 신림동 아파트를 팔아 이곳 광명시 하안동의 전세 아파트로 이사했다. 하룻밤 만에 집을 빼앗겼다고 생각하니 우주에 떨어진 것처럼 무서웠다. 집을 팔아 빚을 어느 정도 정리하자 집을 산 돈도, 집 평수도 반토막이 났다.

처음에는 좁은 집에서 답답해서 살 수 있을까 생각했는데 지금은 어떻게 그렇게 넓은 집에서 지냈나 싶게 12평인 이 집도 가끔은 허허벌판처럼 공허해 보였다. 가구도 짐도 대폭 정리했기 때문일 것이다. 우리는 한밤중에 채권자들을 피해 포장이사를 했다. 몇 달간 그렇게 무섭게 싸워 놓고는 도망이사를 할 때는 마음이 잘 맞았다. 대부분의 가구를 버려야 했다. 혼수로 마련한 장롱을 제외하고는 전부 다 버렸다. 몇 달간 채권자들에게 시달린 터라 그깟 가구가 대수가 아니었다. 게다가 나는 이혼을 결심한 상태였다. 남편과의 결혼 생활을 떠올리게 하는 가구는 처분하는 것이 현명하다고 생각했다. 이성적인 판단으로 적당한 시기에 사업을 정리한 남편 덕분에 파산 신청을 해야 할 상황까지 내몰리진 않았다. 하지만 몇 년간 갚아야 할 빚이 남아 있었고 그동안 최대한 절약하는 생활을 해야 할 것이었다.

나는 작은 방 한구석에 처박아 놓은 장롱을 손으로 쓸어 보았다. 대부분의 혼수를 싼 것으로 장만했지만 장롱만은 비싼 것으로 골랐다. 하지만 도망 이사를 하는 중에 여기저기 흠집이 나 버렸다. 아이들이 태어나 자라기 전에는 좋은 가구를 들여 놓지 말라는 친구의 충고를 들을 걸 그랬다. 직업군인과 결혼한 친언니도, 전셋집을 마련한 친구도 신혼집에 이케아 가구를 들여 놓았다. 두 사람 모두 이사를 할 때마다 인터넷에서 이케아 가구를 구입해 새로 들여 놓았다. 자주 이사를 하는 것도, 가구를 새로 들여 놓는 것도 안쓰러웠는데 두 사람은 오히려 홀가분하다고 했다. 그 말이 도망자 신세가 된 지금 비로소 이해가 되었다. 이케아에서 가구를 마련하면 또다시 남편의 사업이 망한다 해도 값비싼 가구 때문에 속상할 일은 없을 것이다. 버리고 이사를 한 다음에 새로운 이케아 가구로 채워 넣으면 기분도 새로울 것 아닌가. 나는 이 장롱도 봄이 되기 전에 집밖에 내놓아야겠다고 생각했다.

남편의 사업이 부도 직전이라는 사실을 알고 나는 남편과 전쟁을 벌였다. 그토록 아끼던 값비싼 물건들이 벽에 부딪쳐 폭죽처럼 공중에서 분해되었다. 무엇보다 그의 입에서 나오는 말들이 믿기지 않았다. 남편은 내 낭비벽 때문에 도무지 말을 꺼낼 수 없었다고 했다.

"넌 돈 쓸 줄만 알지 벌 줄은 모르는 애잖아. 아니, 버는 건 바라지도 않아. 넌 저축도 할 줄 몰라."

도대체 무슨 소리를 하는 건지. 다니던 회사를 그만두고 아기부터 갖자고 한 것도, 카드를 건네주며 마음껏 쓰라고 한 것도 바로 남편이었다. 나는 애초에 아이를 갖는 것에 대해 시큰둥했으므로 남편의 비난이 억울했다.

한밤중에 도망 이사를 하면서도 우리는 수치심도 없이 인부가 있는 트럭 안에서 이혼 문제로 다퉜다. 남편은 나를 달래기는커녕 담담히 위자료를 줄 돈이 없다고 했다. 정 이혼을 하고 싶다면 위자료를 조금이라도 줄 수 있는 시점에 하자고, 모자라는 돈은 몇 년에 걸쳐서라도 주겠다고 했다.

이삿짐센터 인부들이 낯선 곳에 나와 이삿짐을 버려 놓고 도망치기라도 한 것처럼 나는 낡고 좁은 아파트 안에서 서럽게 울어 댔다. 남편은 작은 방으로 들어가 문을 걸어 잠갔다. 거실과 작은 방 하나가 더 있었지만 나는 작은 방이 답답해서 남편의 책을 비롯한 짐을 몽땅 방 하나에 몰아넣고 거실을 방으로 사용하기로 했다. 밤에는 난민이 된 기분이었다. 소파도 없는 휑뎅그렁한 거실에서 이불 한 장을 깔고 자면서 눈이 붓도록 울었다. 다음 날 정신을 차리고 집을 둘러보니 마치 내가 요즘

유행하는 미니멀라이프를 실천하는 것 같았다. 남편의 작은 방에도 침구 외엔 아무것도 없었다. 짐을 정리할 의욕이 없어서 한 달간 그대로 지냈다. 삶이 그대로 중단되었다.

이 집에 이사 와서 처음 한 달간 남편은 술에 빠져 살았다. 길에서 술을 먹다가 잠들어 경찰서에서 연락이 오기도 했다. 차에 치여 죽을 뻔하기도 했다. 잠꼬대로 욕설을 퍼붓기도 했고 벽에 머리를 들이받기도 했다. 한 번도 남편의 이런 모습을 본 적이 없었으므로 나는 공포에 질렸다. 그 일 때문일 것이다. 남편이 친형처럼 따르던 고깃집 사장은 10억의 빚을 지고 자살했다. 퇴직금을 쏟아 부어 사업을 시작한 그의 고깃집은 처음에는 장사가 잘되었는데 왜 그런 지경에까지 이른 걸까. 그의 시신을 수습한 사람도 남편이었다. 그는 왜 하필 남편을 여관으로 불러냈을까. 남편이라면 경찰을 부르기 전에 목을 맨 그를 직접 바닥으로 내렸을 것이다. 남편에게 물어보진 않았지만 나는 그 장면만 생각하면 눈물이 났다. 고깃집 사장의 장례를 치르자마자 남편은 가게를 정리하기 시작했다.

나 역시 술의 힘을 빌려야 했다. 나는 혼자서 소

주 한 병을 쉽게 비워 냈다. 우리는 처음으로 뒤엉켜 싸웠다. 남편을 데리러 경찰서에 다녀온 날, 술에 취한 내가 술에 취한 그의 뺨을 후려치고 얼굴을 할퀴었다. 그걸로 모자라 그의 등 뒤에 매달려 머리칼을 쥐어뜯었다. 그는 그대로 뒷걸음질 쳐 나를 벽에 박아 자신의 몸에서 떨어트렸다. 나는 경찰을 부르겠다고 핸드폰을 손에 쥐었다. 그는 내 손에서 핸드폰을 빼앗으려 했다. 나는 그의 얼굴에서 떨어지는 끈끈한 액체를 보고 핸드폰을 내려놓았다. 내 손톱이 살점을 떼어 냈는지 그의 이마에서 피가 뚝뚝 떨어지고 있었다. 밑바닥까지 봐야 하는 게 부부란 말인가. 그렇다면 다음 생에는 절대로 결혼하지 않으리라.

더 이상은 참을 수 없다고 생각했을 때 남편은 정신을 추슬렀다. 그는 갑자기 일을 나간다고 하더니 저녁에 나가 아침에 들어왔다. 관심 없는 척했지만 나는 남편이 늦어질 때면 주인을 기다리는 개처럼 끙끙거렸다. 나는 텅 빈 집에 홀로 남겨지는 게 싫었다.

두 달간 남편은 택배상하차 일을 했다. 재취업하기 전에 생활비를 벌기 위해 무언가 일을 해야 했다. 남편은 알람시계처럼 매일 같은 시간에 일어나 같은 음식을 먹고 같은 옷을 입은 다음 같은 일을 하러 나갔다. 같은 시간에 들어와 잠자리에 들었다. 사람이라기보다는 일하는 로봇 같았다. 그 모습이 측은해서 석 달 전의 분노도 상당 부분 사그라졌다. 지금은 이렇게 부부인 것도, 부부가 아닌 것도 아닌 상태로 지내는 것이 편안했다. 우리는 서로 아무것도 요구하지 않았다. 우리는 각자 자신의 공간을 청소하고 각자 밥도 알아서 해결했다.

연애 기간 3년은 나쁘지 않았다. 남편의 은근한 구애에 못 이기는 척 넘어가 주었다. 열애는 아니었지만 열정이 없는 것도 아니었다. 하지만 남편의 사업이 하락세를 걷는 동안 가슴앓이를 심하게 한 탓에 나는 남편과 단 1년이라도 떨어져 지내고 싶었다. 위자료를 받을 수 없다니. 결혼하면서 회사를 그만둔 나는 이혼조차 마음대로 할 수 없는 처지였다. 다행히 아이는 없었다. 같이 있고 싶지는 않았지만 그렇다고 얼굴만 봐도 싫을 정도로 증오하는 사이도 아니었으므로 우리는 우선 1년간 가급적 마주치지 않고 한 집에서 지내기로 했다. 일종의 별거인 셈이었다.

연애 기간 3년, 결혼 기간 3년. 6년이라는 시간은 한 남자에게서 남자를 제외한 부분을 발견할 수 있는 시간이었다. 그는 강철처럼 강하지도, 알루미늄처럼 무르지도 않은 사람이었다. 내가 사라진다고 해서 그의 삶이 끝나는 것도 아니었다. 나는 그를 인간적으로 신뢰했다. 이혼한다고 해도 원수처럼 지내고 싶진 않았다. 하지만 우리는 대화만 하면 서로 공격하느라 바빴다. 나는 물처럼 자꾸만 그를 녹슬게 했다. 하지만 대화라는 산소를 차단하면 최소한 산패를 막을 수 있었다. 나는 그에게 최대한 말을 걸지 않기로 했다.

우리는 중요한 이야기도 핸드폰 문자나 집 안의 메모지판을 활용했다. 남편은 메모지판에 당분간 택배상하차 일을 하면서 어떤 일을 할지 생각해 보겠다는 메모를 남겼다. 일을 시작한 뒤 보름쯤 지나 핸드폰 문자가 도착했다. 그는 봄이 오기 전에는 재취업을 하겠다고 했다. 작은 회사에라도 들어가서 월급쟁이 노릇을 하겠다고 했다. 사업에 실패한 다른 남자들처럼 또다시 사업에 뛰어들어 전화위복을 하려 들지 않는다는 것만으로도 다행이었다.

나는 이사 온 이후로 한 달간 집 밖으로 한 발짝

도 나가지 않았다. 툭하면 몸이 아파 요리할 기분도 나지 않았다. 나는 수시로 식사를 걸렀으며 하루 한 번 배달 음식으로 연명했다. 나는 혹시나 채권자들이 찾아올까 봐 가슴이 조마조마했다.

정확히 한 달이 되던 날, 나는 여느 때처럼 식탁 의자에 멍하니 앉아 있다가 슬리퍼를 신고 밖으로 나갔다. 그리고 아직 개장하기 전인 이케아 바로 옆에 있는 롯데 프리미엄 아울렛까지 걸어가 두 개의 건물을 올려다봤다. 나는 이튿날부터 매일 아침 눈뜨면 숙제하듯이 거기까지 걸어갔다 오고는 했다. 무기력감에서 벗어나기 위한 사투였다.

이달 초, 드디어 롯데 프리미엄 아울렛 광명점이 개장했다. 나는 그저 하릴없이 그 건물의 옥상에 올라 사람들을 구경하고 생각에 잠겼다. 옥상에서 내려와 상점들을 구경하는데 편의점 앞에 붙은 구인공고가 눈에 들어왔다. 그때 편의점 안에서 사장이 나오더니 내게 아르바이트에 관심 있냐고 물었다. 그는 오늘 오픈했는데 무책임한 대학생 아르바이트가 세 시간 만에 그만뒀다면서 내가 주부이고 인근 거주자라는 것을 마음에 들어 했다. 게다가 아이도 없다니. 사장은 진흙 속 진주라도 발견한 것처럼 좋아했다. 근무 시간이 남편이 집에 머무는 시간과 묘하게 겹쳤다. 그것이 내가 그곳에서 일하기로 한 이유였다.

일을 시작하자 정말로 남편과 마주칠 일이 없어졌다. 일부러 시간을 맞추기라도 한 것처럼 7시를 기점으로 우리는 집에서 교차되었다. 우리는 교차로에서 만나 서로 다른 방향으로 향하는 자동차처럼 고개 한 번 돌리지 않고 서로의 길로 향했다. 남편은 저녁 7시에 집을 나가 8시까지 택배상하차장으로 간다. 나는 저녁 7시 10분에 집에 들어와 거실에서 텔레비전을 보다가 잠들어 아침 7시까지 편의점에 간다. 남편은 아침 7시에 들어와 8시간쯤 자다가 일어나 서너 시간 자리에 누운 채 게임을 하다가, 저녁 7시에 다시 일하러 나간다. 그런 날들이 반복되던 어느 날, 나는 텅 빈 거실에서 홀로 텔레비전을 보다가 이 집에 가장 필요한 것은 '소파베드'라고 결론지었다.

내가 집에 없을 때는 남편도 거실에 나와서 생활하는 것 같았다. 나는 소파를 사는 것보다는 최대한 효율적으로 공간 활용을 할 수 있는 소파베드를 사는 것이 나을 것이라고 판단했다.

나는 어제 아침에 집에서 나오기 전 신발장 위에 세워 둔 메모지판에 메모를 남겨 두었다.

내일 아침 9시까지 이케아 앞으로 와. 소파베드 사러 가기로 했잖아.

혼자 가도 되었지만 로봇처럼 일하는 남편이 걱정이 되었다. 이 일을 핑계로 하루쯤 충분히 수면을 취하게 해 줄 생각이었다. 하지만 남편은 이케아에서 소파베드를 산 다음 잠시 눈을 붙이고 다시 일하러 나가겠다고 했다. 남편은 아침 7시에 집으로 돌아와 시리얼을 먹고 9시까지 이케아로 오기로 했다. 나는 편의점에서 일하다가 9시 30분까지 이케아 정문 앞으로 나가면 되었다.

얼결에 시작한 파트타임 아르바이트는 적절한 활기를 주었다. 불면증에 시달리는 데다가 텅 빈 집의 적요를 견디기 힘들었던 나는 편의점 일을 시작하면서 최소한 깊이 잠들 수 있었다. 남편이 왜 몸을 혹사시키는지 알 것 같았다. 사업이 망하는 것을 곁에서 망연자실 지켜본 사람으로서 월급쟁이가 이렇게 마음 편할 수가 없었다. 시급은 얼마 되지 않았지만 지겨워질 때까지는 일해 볼 생각이었다.

이곳에서 일하면서 이케아 개점을 자연스럽게 기다리게 되었다. 편의점에 들르는 손님들도, 편의점 사장도 이케아 얘기를 빼 놓지 않으니 도대체 이케아가 어떤 곳인지 직접 눈으로 확인하고 싶었다. 주말에는 몇 만 명의 사람들이 이케아를 오갈 거라니 여기 편의점도 이케아를 향해 절이라도 올려야 할 판이었다.

사장은 아침부터 흥분해 있었다.

"이케아는 일단 들어오면 망하지는 않을 테니 주변 상권이 영향을 받지 않을 수 없거든. 일본에서는 까르푸도 망했고 테스코도 망했지만 이케아는 성공했어. 6년 만에 매장을 여섯 개로 늘렸지. 한국에서는 그보다 나을 거야."

그는 이케아의 성공이 자신의 성공이라는 듯이 흐뭇해했다. 사장 말에 따르면 2012년부터 국내 가구업체들과 소상공인들은 이케아의 개점을 반대하는 시위를 광명시청 앞에서 지속적으로 벌였다. 하지만 2013년 8월에 건축 허가가 내려졌고 이케아는 오늘 화려하게 오픈했다. 인근 영세 가구업체는 물론이고 생활용품을 파는 가게들도 이제 줄도산을 남겨 두고 있는 것이다. 남편의 가게처럼.

남편도 편의점 사장처럼 멀리 내다보는 안목이 있어서 이케아 근처에 주점을 열었다면 성공했을까. 하지만 한국에서의 이케아 성공을 아직 점칠 수 없는 것처럼 뚜껑을 열어 보기 전에는 알 수 없는 일이지 않은가. 사장은 모르는 것 같았다. 이케아는 1974년에 일본에 처음 진출했었지만 크게 실패했었다는 사실을. 실패 원인은 일본사람들이 조립식 가구에 익숙하지 않았기 때문이었다. 이케아는 일본에서 철수했다가 2006년에 다시 진출해 성공을 거머쥐었다. 남편의 굽은 등이 생각났다. 천하의 이케아도 피해 갈 수 없었던 실패, 사실 별것 아닌지도 몰랐다.

9시 20분, 머리를 와인색으로 염색한 은혜가 편의점 안으로 들어와 숨을 골랐다.

"언니, 나 안 늦었지?"

"요 앞이니까 좀 늦어도 괜찮아."

은혜는 편의점 한쪽 모서리에 설치된 실내반사경을 올려다보며 말했다.

"사람들 득시글하더라. 어서 가 봐. 사장님이 한 시간 전부터는 줄서야 한다고 했어. 다녀와서 얘기해 줘. 좋으면 나도 가 보려고. 매트리스 사야 하거든."

나는 편의점에서 나오며 남편에게서 온 문자를 확인했다.

추우니까 좀 더 있다가 나와. 줄은 나 혼자 서도 돼.

나는 알았다고 문자를 보내면서도 발걸음을 재촉했다.

이케아와 구름다리로 연결되어 있는 롯데아울렛 3층 연결 통로로 가 봤지만 철창이 굳게 닫혀 있었다. 오늘은 연결 통로를 개방하지 않는 모양이었다. 나는 1층으로 내려가 사람들로 북새통을 이룬 기다란 줄을 바라봤다. 그 긴 줄에서 그를 찾는 것은 어렵지 않았다. 머리부터 발끝까지 검은 옷을 입은 남자가 스마트폰으로 게임을 하고 있었다. 요즘 누가 저런 게임을 할까 싶게 오래된, 남편이 대학 때부터 했다던 게임이었다. 남편의 유일한 오락이었으므로 나는 별다른 잔소리 없이 옆에 가 섰다. 남편이 놀라며 말했다.

"뭐야, 언제 왔어?"

"신경 쓰지 말고 계속 해. 한 시간은 걸릴 줄 알았는데 10분 만에 알아봤네."

이렇게 눈을 마주치고 대화한 것이 얼마만이던가. 편의점 일을 시작한 이후로 처음이니 2주 만이었다. 이렇게 함께 데이트 비슷한 것을 하는 것도 오랜만이었지만 함께 줄지어 선 것은 5년 전에 놀이동산에 간 이후로 처음이었다. 나는 기다리는 것이 질색인 반면 남편은 기다리는 것에 무한한 재능을 가진 사람이었다. 그는 연애 시절에 내가 약속 시간에 늦어도 화를 낸 적이 없었다.

우리는 서먹하게 나란히 서 있었다. 오랫동안 대화를 하지 않은 남편과 무슨 말을 해야 할지 알 수 없었다. 오랜만에 들은 남편의 목소리는 어딘가 변한 듯 낯설었다. 길게 늘어선 사람들은 미래를 이야기하고 있었다. 사람들의 열기가 남편에게도 전해진 것일까. 남편도 평소와 달리 표정이 밝았다.

"안 졸려?"

그는 하품을 하면서도 고개를 가로저었다.

드디어 문이 열렸는지 사람들이 앞으로 이동하기 시작했다. 아직 10시가 되지 않았지만 입장을 허락한 모양이었다. 우리는 물처럼 앞으로 휩쓸려 나갔다.

남편은 이케아라는 핫한 장소에 별로 흥미가 없어 보였지만 에스컬레이터에 올라탄 후 3층으로 겹쳐진 쇼룸이 눈앞에 나타나자 스마트폰을 주머니에 넣고 쇼룸을 올려다봤다. 남편이 하나도 대단하지 않은 것처럼 말했다.

"와, 대단하네."

남편은 어떤 일에도 호들갑을 떠는 법이 없었다. 그래서 속내를 알기 힘들었다. 남편은 늘 무덤덤하고 태평했다. 유행에 따르는 법도 없었다. 그래서 남편의 사업도 망한 걸까. 트렌드에 연연하지 않고 자신만의 고집으로 밀어붙인 가게였다.

남편은 일본 유학 중 요리에 빠졌다. 한국에 돌아오자마자 몇 년간 사전 조사를 거친 다음 일식 주점을 열었다. 단골도 생기고 제법 장사가 잘 되는가 싶었는데 어느 순간 나락으로 떨어졌다. 건너편에 유명 일식 체인점이 들어서니 별 수 없었다. 몇 달간 이자를 갚으러 일을 나가는 남편을 보는 나도 입이 바싹 말랐다. 안 그래도 표정이 없는 편이던 남편의 얼굴은 주점 벽에 걸려 있던 우키요에 속 남자처럼 기이하게 변해 갔다. 나는 남편이 술에 취해 마비된 근육으로 하는 말들을 알아들을 수 없었다. 어쩌면 알아들으려는 노력조차 하지 않았는지도 모르겠다.

나는 인파에 밀려 안으로 들어가다가 남편을 잃

어버렸다. 파도에 휩쓸린 듯 숨이 찼다. 노끈이라도 구해 남편의 몸에 묶어 서로를 연결해야 했을까.

"여보!"

갑자기 어디선가 커다란 손이 튀어나와 나를 잡아끌었다. 나는 남편의 팔짱을 꼭 끼었다. 방금 '여보'라고 불렀다. 새삼 그 말이 생경하게 들렸다. 나는 술을 한잔한 것처럼 들떠서 말했다.

"정신없네. 도떼기시장 같아. 나도 모르는 사이에 가방에 이것저것 넣을 것 같아."

남편도 웃으며 말했다.

"그러게. 잠자는 사이에 코 베어 갈 것 같아. 충동구매 안 하려면 정신 바짝 차려야겠어."

노란색 이케아 가방을 든 사람들은 황금을 찾으러 온 사람들 같았다. 이곳에서 황금을 캐어 가방에 넣으면 우리도 새로 시작할 수 있을까.

눈을 어지럽게 하는 방들이 마법처럼 펑펑 터져 나왔다. 하지만 우리의 목표는 단 하나 소파베드였으므로 수많은 쇼룸들을 그냥 지나쳐 갔다. 이상했다. 이리저리 눈이 돌아가면서도 생각처럼 쇼핑 욕구가 생기지 않았다. 남편이야 원래 꾸밀 줄도 모르고 옷 한 벌로 10년 입는 사람이니까 그렇다 치고 쇼핑과 인테리어에 관심이 많았던 나는 신기할 정도로 관심이 가지 않았다. 나는 한국 고객들을 환영하기 위해 직접 나온 본사 외국인 직원들에게 미안할 정도로 눈앞의 화려한 쇼룸들 앞에서 무덤덤했다.

서울의 아파트를 정리한 이후로 나는 물욕이 확연히 줄어들었다. 그토록 정성들여 마련한 살림살이에 압류 딱지가 붙고 나니 인생무상이라고 해야 할까, 다 쓸데없는 짓 같았다. 어쩌면 또다시 같은 상처를 입기 싫어서 아예 그런 일이 없도록 차단하는 방어기제가 작동한 것인지도 모르겠다.

집 안의 가구에 압류 딱지를 붙인 사람은 남편의 대학 동창이었다. 좀 더 정확하게는 남편의 대학 동창의 아내. 부부끼리 자주 어울렸고 그들은 투자금 명목으로 우리에게 돈을 빌려 주었다. 돈을 돌려받기 위해 협박주로 붙인 것이겠지만 나는 이사 전날, 용달차를 불러 장롱을 제외한 침대와 소파, 책장 등을 그들에게 보냈다. 그들은 그 가구들을 어떻게 처리했을까. 남의 생활의 냄새가 배어 있는 가구들을 자기 집에 두고 사용하진 않았을 것이다.

결혼 전에 가구거리에 가구를 사러 갔을 때가 생각났다. 남편에게 전화를 걸어 가구를 사러 가자고 했을 때 남편은 자신은 일 때문에 바쁘니 내 마음에 드는 것으로 아무거나 사라고 했다. 나는 같이 살 집인데 어떻게 그러느냐고 소리를 지르고는 큰 소리로 울었다. 결혼을 앞둬서 그랬는지 그때는 별 게 다 서러웠다. 남편은 금세 같이 가겠다고 했고 다음 날 가게 문을 닫고 동행해 주었다. 남편은 자기 방에 넣을 가구는 직접 골랐는데 나는 남편이 아무거나 선택한다고 생각했다. 하지만 정작 신혼집에 가구를 들여 놓고 보니 얼마나 공간과 묘한 조화를 이루었는지. 새삼 남편의 안목에 감탄했다. 가격과 상관없이 고집스러운 자신만의 취향을 지닌 남편이 나는 좋았다. 신혼집에 들여 놓은 가구들은 그럭저럭 마음에 들었다. 하지만 예산이 부족해서 대충 구색을 맞춘 것이지 원하는 대로 가구를 들여 놓을 순 없었다. 상대적으로 우리 집이 기우는 편이었기 때문에 집 구입비용을 거의 남편과 시부모님이 부담했다. 가구는 내가 했는데 돈이 모자라 고민하는 내게 남편은 최소한으로 해 놓고 살자고 했다. 나는 내가 운용할 수 있는 자금 안에서 최대한으로 고민해 가구를 마련했다. 열 번 스무 번 고민해 장만한 가구들이었다. 그 '최소한'마저 용달차에 실려 사라졌다. 나는 다시는 가구 같은 거 집에 들여 놓고 싶지 않았다. 단 하나, 소파베드를 제외하고는.

소파베드가 눈앞에 몸을 드러냈을 때 나는 적잖이 흥분했다. 쇼룸에 놓인 핑크색 소파베드는 방의 주인공이었다. 소파베드가 어떤 색깔인지에 따라, 어떤 디자인인지에 따라 방의 분위기가 확연히 달라졌다. 자세를 바꾸는 것만으로도 변화를 줄 수 있었다. 소파 모양으로 새침하게 앉은 소파베드는 활기찬 느낌을, 나무늘보처럼 침대 모양으로 늘어진 소파베드는 편안한 느낌을 줄 것이었다. 나는 이 가구가 우리 집에 생기를 부여해 줄 거라는 기분 좋은 예감이 들었다. 평소 같으면 검정색이나 베이지색처럼 튀지 않는 색의 소파베드를 골랐겠지만 집 안에 들어갈 단 하나의 가구라고 생각하니 이렇게 튀는 것도 나쁘지 않겠다는 생각이 들었다. 소파 뒤에 놓인 비키니옷장을 보자 결혼 전 잠시 자취하던 시절이 떠올랐다. 남편은 내가 이사할 때마다 차로 짐을 날라다 줬다. 그는 무뚝뚝하지만 믿고 기대어 잠들 수 있는 소파베드 같은 애인이었다. 나는 소파베드에 앉아 있는 여자가 일어나길 기다렸다가 소파 위에 엉덩이를 내려놓았다.

"이 소파베드 어때? 너무 젊은 느낌인가?"

"그런 게 어딨어. 좋으면 사는 거지."

3, 4년 이런 소파를 거실에 놓아 보는 것도 괜찮겠다 싶었다. 지금 우리에게 필요한 건 다름 아닌 활기와 열정이니까.

일단 핑크색 소파를 찜해 두고서 다른 쇼룸들을 돌아 봤다. 거실, 주방, 서재, 침실 등으로 꾸며 놓은 60여 개의 방을 둘러보면서 몇 번은 방 입구에서 발을 멈춰섰지만 들어가서 자세히 들여다보고 싶을 정도로 눈길을 끄는 방은 없었다. 남편은 멋진 식탁이 놓인 주방에 들어가 서랍과 찬장을 열어 보고 후드를 살폈다. 남편의 얼굴에 언뜻 미소가 번졌다. 남편은 한동안 그토록 좋아하는 요리를 할 수 없을 것이다.

부부 침실 옆에 아기 침대가 놓인 쇼룸에는 젊은 커플들이 들어가 구경하고 있었다. 남편은 안으로 들어가 아기 침대를 들여다봤지만 나는 방 안으로 들어가지 않고 멀찍이 입구에 서 있었다.

'어린이 이케아'는 가장 붐볐지만 아이가 없는 나는 별로 흥미가 가지 않았다. 인형의 집처럼 정성들여 아이 방을 꾸며 놓은 데다가 넓은 공간에 베이비 욕조, 겉싸개, 수면조끼와 같은 아기용품을 수북이 쌓아 놓아서 신혼부부들로 문전성시를 이루었다. 남편은 아이 방 쇼룸은 건성으로 둘러보면서도 진짜 같은 어린이용 주방용품은 감탄하며 들여다봤다. 싱크대, 수도꼭지, 전기레인지까지 갖춰진 주방놀이 세트는 소꿉놀이용이라고 하기엔 가격이 비쌌다. 매장 내의 모든 소파베드를 돌아 봤지만 첫눈에 마음에 들었던 핑크색 소파베드처럼 눈길을 끄는 제품은 없었다. 남편은 늘 그렇듯이 내가 원하는 것으로 하라고 했다. 남편은 조립부터 페인팅까지 스스로 하는 반제품에 관심을 보였다. 언젠가는 그가 반제품을 사서 손질할 날이 올까. 나는 손재주가 있는 남편이 발코니에서 가구에 페인트칠을 하는 것을 상상했다. 이혼 서류까지 작성해 둔 주제에. 웃음이 났다.

대충 돌아보고 와서인가 레스토랑은 한산했다. 매장을 꼼꼼히 돌아보려면 하루로는 모자랄 것이다. 남편이 쟁반 카트를 끌며 말했다.

"너무 빨리 왔나?"

나는 이것저것 먹음직스러운 음식들을 쟁반 카트에 듬뿍 올리며 말했다.

"밥은 천천히 많이 먹자."

롤케이크, 시나몬 롤, 키슈…… 색깔과 모양이 예쁜 음식들은 보기만 해도 군침이 돌았다.

이케아 레스토랑도 온통 이케아 제품으로 꾸며져 있었다. 우리는 연애할 때 종종 그랬던 것처럼 테이블 앞의 작은 책장에 책이 꽂혀 있는 자리에 가서 나란히 앉았다. 과묵한 남편과는 대화를 한다기보다는 늘 혼자 재잘대는 편이었다. 그래서 마주보는 것보다는 옆으로 앉아 속닥이는 것이 편했다. 남편은 웬일로 수다를 떨었다. 택배상하차장에 대한 이야기였다. 매일 지각하는 괴짜 아르바이트생부터 콧수염을 길게 기른 실직한 가장까지. 매일 나올 것처럼 살갑게 굴던 사람도 어느 날 죽기라도 한 것처럼 연락이 뚝 끊어진다고 했다. 택배상하차장은 정류장 같다고 했다. 남편은 석 달간 부쩍 말라 광대뼈가 불거져 보였다. 왠지 울컥했지만 웃으며 고개를 끄덕여 주었다.

우리는 식사를 마치고 자리에서 일어섰다. 남편

은 쟁반 카트를 정리한 뒤 레스토랑과 연결되어 있는 스몰란드 출구로 다가가 안을 들여다보았다. 엄마 아빠와 떨어져서 불안할 법도 한데 아이들은 노는 데 여념이 없어 보였다. 갈색 뿔테 안경을 쓴 여직원이 아이들을 아버지에게 인계하고 있었다. 장난기 가득한 남매는 나오자마자 아빠의 다리에 매달리며 장난을 쳤다. 나는 아이들을 바라보며 생각했다. 우리도 아이를 낳았으면 좋았을까? 그랬다면 이혼 같은 건 생각하지도 않았을까? 이제 우리 부부는 아이를 낳는 것은 꿈도 꿀 수 없는 처지였다. 암묵적인 합의가 이루어진 것이다.

레스토랑에서 나오는 길에 나는 남편에게 물었다.

"당신 혹시 아이 낳고 싶어? 아까 아기 침대를 유심히 보길래."

남편은 잠시 머뭇거렸지만 단호히 말했다.

"아니. 예전엔 낳고 싶었지만 지금은 아니야. 나랑 닮은 아이가 나랑 비슷하게 사는 거 상상만 해도 싫어."

나는 고개를 끄덕인 다음 그의 팔을 좀 더 힘주어 잡았다.

레스토랑에서 나온 우리를 기다리는 것은 거대

한 카트였다. 엄청난 개수의 카트가 앞선 카트의 허리를 잡고 붙어 서서 사람들의 손길을 기다리고 있었다. 남편이 카트 하나를 잡아끌며 말했다.

"이제 담아 볼까?"

우리는 '홈퍼니싱 액세서리'라고 적힌 곳으로 들어갔다. 침구, 카펫, 스탠드, 액자, 거울…… 이것저것 손에 들고 들여다봤지만 마음에 쏙 드는 제품을 찾기는 힘들었다. 걸음을 늦추어 마지막 홈데코 코너까지 천천히 돌아봤지만 카트를 끌고 온 것이 무색하게도 카트 안에는 1000원짜리 변기솔 하나만 담겨 있었다.

"다음에 한 번 더 오자. 뭘 사야 할지 모르겠어."

남편은 말없이 고개를 끄덕였다.

남편은 셀프 서브 구역에 가서 번호를 확인하고 소파베드를 찾았다. 그리고 그랜드 카니발에 분리된 소파베드를 실었다. 2열과 3열 시트를 모두 눕히고 박스들을 쑤셔 넣듯이 집어넣었다. 나는 차 안을 들여다보며 말했다.

"어어, 조심해. 흠집나면 팔지도 못해."

3년간 탄 대형차는 다음 달에 남편의 친척에게 팔려 갈 처지였다. 박스가 보조석까지 차지한 탓에 나는 심호흡을 한 번 한 다음 내 몸도 박스처럼 쑤셔 넣다시피 넣어서 겨우 차에 올라탔다. 그 상황이 우스워서 나는 여고생처럼 키득거렸다. 주차장에서 빠져나가기도 전에 여고생의 웃음은 노파의 울음으로 바뀌었다.

이 차는 우리의 추억을 많이 싣고 날라 주었다. 남편과 함께 차를 타고 봤던 풍경들이, 차 안에서 나눴던 많은 이야기들이 애달프게 굴러갔다. 이사하던 날 우리는 일부러 차를 주차장에 두고 왔다. 차를 주차장에 남겨 두면 우리가 이사 간 것을 채권자들이 알아채지 못할 거라고 생각했다. 일주일 뒤 새벽에 차를 찾으러 전에 살던 아파트 주차장으로 갔다. 누군가 차에 스프레이로 '사기꾼'이라고 휘갈겨 놓았다. 차를 운전해 집으로 오는 길에는 사람들이 모두 우리 차만 쳐다보는 것 같았다. 남편과 나는 광명 집에 도착해 오랜 시간을 들여 스프레이를 지웠다. 그런데 이제는 세차도 해 줄 수 없다니. 아이를 보육원에 맡기러 가는 부모처럼 가슴이 미어졌다.

남편은 능숙하게 소파베드를 조립했다. 남편은 앉아서 구경하라고 했지만 나는 최대한 돕고 싶었다. 힘이 들어간 남편의 팔뚝을, 나사를 조이는 손가락을 보자 기분이 좋아졌다. 무언가를 함께한 것이, 그것도 '만들어 낸' 것이 대체 얼마만이던가. 잠시 우리가 3년 전 신혼부부로 돌아간 것 같았다. 우리는 흐뭇한 표정으로 소파베드를 바라봤다.

나는 소파 시트를 들면 드러나는 수납공간에 거실 바닥에 놓인 잡동사니들을 넣어 보이지 않게 했다. 왠지 소파베드가 허전해 보였다. 내일은 이케아에 들러 북유럽 패턴의 쿠션을 사 와야겠다고 생각했다. 남편은 옷도 갈아입지 않고 그대로 소파베드 위에 쓰러져 잠들었다.

은혜의 일당을 올려 주기 위해 일부러 두 시간이나 늦게 편의점에 나갔다. 은혜는 대일밴드가 다 나갔다고 했다. 하긴 하이힐을 신고서 이케아 매장을 활보하다가는 발뒤꿈치가 남아나지 않을 터였다.

"해경 언니, 피곤할 텐데 오늘은 그냥 들어가지 그래?"

"안 돼. 고시원에 갔다가 7시에 다시 와."

삐쳤는지 인사도 없이 가방을 둘러매고 나가는 은혜의 뒤에 대고 소리쳤다.

"매트리스 괜찮아 보이더라. 90일 동안 사용해

보고 맘에 안 들면 교환해 준대."

은혜는 내가 말한 시간보다 20분 일찍 편의점에 도착했다.

나는 놀이터에서 거실 불이 꺼지기를 기다렸다. 지금쯤 소파베드는 소파 모양으로 자세를 바꾸고 있을 터였다. 남편은 아무리 바빠도 침대를 소파로 바꾸는 것을 잊지 않을 것이다. 귀가한 내게 일거리를 던져주고 싶진 않을 테니까.

아직 거실 불이 꺼지지 않았지만 나는 그네에서 일어나 10동 입구로 들어갔다. 생각해 보니 집에서 절대로 마주치면 안 된다는 규칙 따위는 정한 바가 없었다.

이케아 소파 바꾸기

2층에 도착한 우리는 머리 위로 붙어 있는 지하철노선도처럼 생긴 위치 안내판을 올려다봤다. 미진이 투덜거렸다.

"뭐야, 거의 일직선이잖아. 출구가 없어."

우리는 현재 위치를 확인한 후 다시 앞으로 나아갔다.

사라는 네 명은 거뜬히 앉을 수 있는 오렌지색 체크무늬 소파가 놓인 쇼룸에 들어가 소파에 드러누웠다. 미진은 사라에게 창피하다고 일어나라고 했지만 나는 사라 옆에 가서 앉으며 말했다.

"이 소파 진짜 탐난다."

미진은 가격을 확인하더니 어서 일어나라고 했다. 우리 예산 범위에서 한참 벗어나는 모양이었다. 나는 미진에게 말했다.

"못 먹는 감 찔러 보지도 못하냐."

미진도 못 이기는 척 내 옆에 와서 앉았다. 우리는 그 소파에 잠시 앉았다가 자리에서 일어났다.

한참을 걷다가 발견한, 천장에 대나무 펜던트 조명이 달려 있는 쇼룸은 내 마음에 쏙 들었다. 그 방은 자주색 소파와 더불어 벌집 모양의 거울과 나뭇결이 잘 살아 있는 갈색 테이블을 진열해 놓아서 동남아 어느 나라에 하룻밤 머물러 온 것 같은 착각을 불러일으켰다.

우리는 쇼룸을 몇 개 더 둘러보다가 약속이라도 한 듯 싱크대와 식탁이 갖춰진 주방으로 들어가 식탁에 둘러앉았다. 주방은 전체적으로 흰색으로 통일되어 있었지만 빨간색 펜던트 조명과 찬장 위에 올려놓은 노란색 시계로 포인트를 주었다. 우비소년을 닮은 노란색 시계는 우리를 내려다보는 것 같았다. 식탁에 놓인 다섯 개의 의자도 검은색 두 개, 노란색 한 개, 흰색 두 개로 색깔이 달라 재밌었다. 조명, 가구 등 모든 것이 심플하고 모던한 풍경이었으며 화려하지 않아서 오히려 친근하게 느껴지는 주방이었다. 특히 머리 위로 드리워진 군더더기 없는 디자인의 빨간색 펜던트 조명은 당장 떼어다가 우리 집 주방에 달아 놓고 싶을 정도로 예뻤다. 건너편에 앉은 사라가 말했다.

"얘들아, 남기지 말고 먹어라."

사라는 까르르 웃다가 금세 푸념했다.

"아, 여기 있는 방에서 딱 한 달씩만 살았으면 좋겠다. 이대로 우리 집으로 옮겨다 놓으면 좋겠어."

나는 펜던트 조명의 가격을 확인하며 말했다.

"나중에 결혼할 때 여기서 가구 하면 되겠네."

사라가 바로 옆에서 사이좋게 구경하는 젊은 커플을 보며 말했다.

"난 솔직히 신혼집을 이케아 가구로 채우고 싶진 않아. 최대한 비싼 가구로 채울 거야."

"왜?"

"왜긴. 자취생도 아니고 4, 50년 결혼 생활 할 건데 당연히 비싸고 좋은 걸로 해야지."

미진이 말했다.

"얘가 은근 고리타분하네. 나는 고가의 가구로

50년 사느니 이케아로 5년에 한 번씩 바꿔 가며 살고 싶은데. 나는 5년은 스칸디나비아 풍으로, 5년은 프로방스 풍으로 컴퓨터 배경화면 바꾸듯이 바꿔 가며 살 거야."

"부자랑 결혼해야겠네."

"넌 무슨 얘기만 하면 남자랑 연관시키더라. 내 능력으로도 살 수 있어."

"그러시겠죠. 대기업 사원님."

사라와 미진의 신경전은 늘 비슷하게 끝났다. 어쨌든 우리는 서류 통과도 못한 대기업에 미진은 계약직으로나마 들어간 것이다.

대학 동기인 우리는 사흘 전인 15일부터 함께 살고 있었다. 아직 '함께 살았다'는 말은 어색했지만 벌써부터 동거인 특유의 불편하고도 은밀한 동질감이 형성되기 시작한 상태였다. 나는 우정이 훼손될까 봐, 나도 모르는 새 좋아하는 친구들에게 바닥을 보일까 봐 걱정이 되었다. 아무리 단짝 친구라고 해도 모든 것을 오픈할 순 없었다. '이상적인 거리감'을 형성하기 위해 우리는 작은 일도 다 같이 상의해서 결정하기로 했다.

마침 이케아 개점일이 18일이라서 사흘간은 가

구 없이 텅 빈 집에서 엠티에 온 기분으로 지냈다. 대학 시절 내내 붙어 다녔던 우리는 두 달 뒤 대학 졸업식에도 함께 갈 생각이었다. 이렇게 말하면 사람들은 우리 셋 다 취업에 성공해서 독립을 하게 된 줄 알 테지만 우리 중 취직한 사람은 미진뿐이었다. 미진은 대기업에 취직했다. 미진은 우리 중에 가장 스펙이 좋았고 1년간 미국으로 교환학생도 다녀왔으므로 어쩌면 당연한 일이었다. 언제 잘릴지 모르는 계약직이지만 카페에서 아르바이트를 하며 취업 준비 중인 나와 사라와는 다른 세계에 사는 사람이 분명했다. 겨우 사흘간 함께 살았지만 독방을 쓰는 미진의 생활은 베일에 감춰져 있었고 사라와 나는 출근 시간에 미진을 위해 화장실을 양보해 주었다. 사라와 나는 대학 2학년 때 재미로 바리스타 자격증을 따 놓았는데 그것이 우리의 밥줄이 될 줄은 미처 몰랐다. 미진이 아침 일찍 정장을 차려입고 회사에 나가면 사라와 나는 느지막이 일어나 11시까지 아르바이트하는 동네 카페로 나갔다. 같은 방을 쓰는 사라와 나 사이에도 엄연히 차이가 존재했다. 사라는 졸업과 동시에 정글에 내던져질 나와는 달랐다. 사라는 20대에는 취직해서 일하다가 30대에는 셰어하우스를 운영할 계획이라고 했다. 사라에게는 '플랜B'가 존재하는 것이다.

우리가 함께 살게 된 20평대 빌라는 사라의 것이었다. 20대에 자기 명의로 된 집을 갖게 되다니. 나는 사라가 부러워 미칠 것 같았다. 사라네 집은 사라가 평생 놀고먹을 정도는 아니지만 그럭저럭 잘 사는 중산층이었다. 사라는 수재인 연년생 언니에게 비교당하며 자랐는데 대학을 졸업하자마자 독립시켜 주지 않으면 해외로 나가 집시처럼 살겠다고 부모님을 협박했다. 사라의 부모님은 대학 때부터 사라네 집을 드나들던 우리를 마음에 들어 하셨으므로 셋이 함께 산다는 전제 하에 허락을 해 주셨다. 사라는 몸을 소중히 하겠다는 말도 안 되는 각서까지 썼다는데 일주일에 두 번은 애인과 외박했다.

방과 방을 지나고 지나도 방이 펼쳐졌다. 그러고는 어느 순간 쇼룸이 사라지고 여러 개의 다양한 색깔의 소파들이 눈앞에 펼쳐졌다. 어떤 소파는 구름처럼 공중에 띄워 진열되어 있었다. 나는 한쪽 눈으로는 소파를 하나씩 감상하면서도 다른 한쪽 눈으로는 오기 전에 셋이 함께 이케아 쇼핑몰에서

점찍어 둔 소파를 찾았다. 사라가 소리를 질렀다.

"여기 있다! 우리 소파."

사라는 회색 소파에 앉았다 일어섰다 하며 웃었다. 가장 먼저 눈에 들어온 것은 가격이었다. 90,000원. 크노파르프 소파. 이곳에서 가장 저렴한 2인용 소파였다. 미진도 가격표를 쳐다보며 말했다.

"와, 진짜 싸다."

사라는 회색 소파 뒤로 서로 등을 마주하고 있는 동일한 디자인의 노란색 소파를 쳐다보았다. 미진이 사라에게 말했다.

"옐로가 예쁘긴 하지? 커버를 하나 사 갈까? 싫증나면 갈아 끼우게."

사라는 미진의 눈치를 보며 말했다.

"다른 소파로 하면 안 돼?"

사라는 근처에 놓인 199,000원짜리 소파를 가리키며 말했다.

"저건 폭신하고 더 편할 거 같은데."

"안 돼. 그럼 예산을 넘어가."

우리는 오기 전에 충동구매를 하지 말자고 서로에게 신신당부했다. 우리는 비싼 가구를 구입할 처지가 아니라는 것을 미진은 반복해서 강조했다. 미진은 말은 그렇게 하면서도 값이 꽤 나가는 다른 소파를 힐끔거리고 있었다. 그새 사라가 보이지 않아 찾아 보니 일인용 소파가 줄줄이 놓인 곳에서 34만 원이 넘는 소파에 엉덩이를 깊숙이 넣은 채로 눈을 감고 있었다. 나는 사라가 앉은 소파의 가격표를 보며 말했다.

"이건 1인용인데도 크노파르프 소파보다 훨씬 비싸네."

미진이 단호하게 결정을 내렸다.

"노란색은 금방 질리니까 회색으로 결정."

사라는 소파에서 일어나며 말했다.

"밥은 좋은 걸로 먹자."

레스토랑에도 사람들이 줄지어 서 있었다. 마치 배가 고플 지점에 전략적으로 레스토랑을 배치한 것처럼 그 순간 내 식욕은 강렬했다. 하지만 사라의 말마따나 좋은 것을 먹으려 해도 메뉴의 가격은 엇비슷하게 저렴했다. 쟁반을 올린 카트를 잡아끌며 사라가 호들갑을 떨었다.

"나 쓰러질 것 같아. 너무 걸었더니 배가 다 고프네."

미트볼, 닭다리튀김 두 조각, 김치볶음밥. 앞으

로 어떻게 한 집에서 살까 싶게 세 명이 제각기 식성도 달랐다.

레스토랑에는 딱딱한 의자가 놓인 자리도 있었지만 사라는 잽싸게 푹신한 소파 자리로 가 앉았다. 2인용 파스텔블루 소파와 마주보고 있는 2인용 카키색 소파는 크노파르프 소파와는 비교할 수 없을 정도로 널찍하고 편안했다. 사라가 손바닥으로 소파를 누르며 말했다.

"그림의 떡이지만 대리만족이라도 해야지. 이 소파는 이름이 뭐지?"

미진이 말했다.

"알려고 하지 마. 절대로 살 수 없으니까."

나는 작게 말했다.

"괜히 앉았어. 크노파르프 소파 사기 싫어진다."

미진은 바람 같은 속도로 닭다리를 뜯은 다음 원두커피를 천천히 음미하며 마셨다. 나는 절인 연어를 먹고 싶었지만 돈을 아끼기 위해 2000원밖에 안 하는 김치볶음밥을 주문했다. 그래서인지 사라의 링곤베리 잼을 곁들인 미트볼이 유난히 먹음직스러워 보였다.

"링곤베리가 콜레스테롤도 줄여 주고 다이어트

에 좋대. 스웨덴 요리에는 이 링곤베리 소스를 많이 써. 아, 스웨덴 또 가고 싶다."

사라는 대학 1학년 여름방학 때 다녀온 유럽 여행 이야기를 또다시 반복했다. 사라가 같이 가자고 하도 졸라서 얼마나 난감했던지. 사라가 한 달간 다른 친구 서너 명과 함께 유럽 여행을 간 동안 나는 토크바에서 중년 남자들의 농담을 견디고 있었다. 입 안을 채운 링곤베리 잼은 놀라울 정도로 맛이 없었다. 하지만 천천히 음미할수록 매력적인 맛이 혀끝에 감겼다. 나는 아쉬운 듯 말했다.

"나도 이거 먹을걸. 여긴 레스토랑도 저렴하네? 그럭저럭 괜찮은 거 같아."

사라가 말했다.

"그냥 먹을 만한 거지 만족스러운 건 아니야. 윽, 솔직히 정말 맛없다."

"가격 대비 만족스럽다는 거지."

미진이 사라에게 나무라듯이 말했다.

"넌 깎아내리기 좋아하더라."

"내가 언제?"

"여기 있는 가구들은 다 우리에게 과분해."

사라가 피식 웃으며 말했다.

"그러니까 취준생 주제에 비싼 가구 넘보지 말란 거지?"

"왜 말을 그렇게 해? 계약직한테도 주제넘은 건 마찬가지야."

일단 미진의 카드로 긁은 다음에 갚기로 했기 때문일까. 미진은 오늘따라 유난히 예민한 것 같았다. 충동적인 사라와 우유부단한 나 사이에서 결단을 내려 줄 사람이 필요하긴 했다. 사라는 금세 웃으며 말했다.

"그나저나 소파가 저렇게 쌀 줄 몰랐어."

어제 회의를 통해 우리가 정한 기준은 무조건 '예쁘고 싼' 거였다. 웬만하면 '가장 싼' 제품. 이번에는 대강 구색만 맞추고 3년 뒤에 사정이 좋아지면 정말 사고 싶은 가구로 새 단장을 하자고 했다. 3년 뒤면 우리 모두 원하는 회사에 취업해 있을 것이니 그때는 가격은 확인하지도 말고 상속녀처럼 한 번 훑어 본 다음 가장 먼저 감이 오는 아이를 손가락으로 가리켜 트럭에 실어 오자고 했다. 3년 뒤면 우리는 스물여덟 살이었다. 그때까지 같이 살 생각을 하고 있는 걸까. 결혼해 버리기엔 아쉬운 나이이긴 했다.

나는 미진의 눈치를 보며 말했다.

"한 단계 비싼 걸로 할까?"

미진이 눈썹을 치켜 올렸다. 사라가 미진에게 애교를 부리며 말했다.

"그럼 우린 언제쯤 좋은 가구를 들여 놓을 수 있는 거야?"

"30대에는?"

사라는 커피 잔을 들어 올리며 혼잣말하듯이 중얼거렸다.

"서른 살이 정말 오려나."

사라는 한숨을 내쉰 다음 덧붙여 말했다.

"나는 내가 평생 스무 살일 줄 알았어. 며칠 전에 동아리 후배들 봤는데 파릇파릇, 나만 제초제 뿌린 잔디 같고 우울하더라."

사라의 말에 전혀 동의하지 않는 건 아니었다. 나는 이제 겨우 스물다섯 살이었지만 스무 살, 스물한 살인 아이들과 나 사이에는 너무나 깊고 긴 강이 놓여 있는 것 같았다. 사라는 못 들었겠지만 내 귀에는 미진의 읊조림이 분명히 들렸다.

"오겠지. 자살하지 않는 한."

미진에게 무슨 일이 있었던 걸까. 요즘 미진은

유난히 예민해 보였다. 그저 털털한 성격인 줄로만 알았던 미진이 요즘은 뭔가에 쫓기듯 불안해 보였다. 나는 슬그머니 미진에게 다가가 옆에 붙어 앉아 팔짱을 끼고 손도 깍지 껴 잡았다. 속내를 잘 털어놓지 않는 미진은 얼마 전 1년간 사귄 남자 친구와 헤어진 것 같았다. 어제 새벽 미진의 방에서 울음소리가 새어나왔다. 미진은 대학에 다닐 때도 습관처럼 죽음에 대해 이야기했다. 서른까지만 숨 쉬고 싶어. 슬프게도 그렇게 말하는 미진은 눈부시게 예뻤다.

죽음은 더 이상 나에게 생소한 것이 아니었다. 취업 준비 기간이 길어지면서 시시때때로 우울감이 밀려들었다. 시험 전날에는 자살 충동이 일기도 했다. 고등학교 3년 내내 괴롭힘을 당하던 급우가 학교 옥상에서 떨어지던 날, 죽지 않고 식물인간이 되었다는 소식에 "그년은 자살도 제대로 못해."라고 말하던 무리 안에 나도 끼어 있었다. 지난 학기에 남자 친구가 몰래 찍은 섹스 동영상이 인터넷에 퍼져서 자살한 같은 학교 여학생은 함께 교양수업을 들었던 친구였다. 죽음마저도 성공과 실패로 나뉘어 기억될 뿐이었다.

미진은 스마트폰을 확인하며 투덜댔다.

"짜증나. 팀장이 자꾸 카톡질이야."

미진의 상사는 휴일에도 시도 때도 없이 카카오톡 문자를 보냈다. 나는 취업이 되지 않아 불안하면서도 저런 스트레스 받는 생활을 유예한다고 생각하면 조금은 위로가 되었다. 미진은 집에 일이 있다고 월차를 썼고 우리는 힘들게 카페 사장의 허락을 얻었다. 둘이 동시에 빠진다고 하자 사장은 짜증을 냈지만 가끔 매장에 놀러오는 사장의 딸이 하루 동안 대신 일해 주기로 했다. 그녀는 자기 딸에게 고맙다고 하라고 했다. 물론 우리는 사장에게 이케아 개점일이라서 구경 간다는 말은 하지 않았다.

사라가 누군가와 전화통화를 하더니 준호가 주차장에서 기다리고 있다고 했다. 미진이 미간을 찌푸리며 말했다.

"이준호? 걔가 왜?"

"걔네 집 이삿짐센터 하잖아. 짐 좀 날라다 달라고 부탁했어. 배송 서비스 비싸잖아."

미진은 메모지에 크노파르프 소파를 비롯한 기본 가구 목록을 적었다. 거실에 놓을 2인용 소파 두 개와 사람 수대로 가장 싼 침대와 옷장과 책상,

라크 보조테이블 하나로 끝이었다. 그 외에 스탠드와 벽시계 같은 인테리어 소품들을 구입하면 예산에서 크게 벗어나지 않고 쇼핑을 마칠 수 있었다. 목록에 적은 가구 중에는 우리 마음에 드는 것은 단 하나도 없었지만 크게 불만스러운 쇼핑도 아니었다. 모두 다 저렴하고 내구성 좋은 인기 상품들이었다. 어쨌거나 이 정도 예산으로 빈티나지 않게 집을 꾸밀 수 있는 가구는 이케아밖에는 없었다.

"온통 베스트 상품뿐이네. 나는 어디서 뭘 사든 베스트 상품 사는 사람이 제일 싫더라. 취향이란 게 없다는 뜻이잖아."

미진은 사라의 말에 아무런 대꾸도 하지 않았다. 사라는 어젯밤부터 이케아 스토어 앱에서 탐을 내며 들여다보던 노란색 유리도어수납장을 스마트폰으로 검색하고 있었다. 과감한 노란색으로 색을 칠한 유리도어수납장은 투명하게 안이 들여다보여 거실에 놓고 어려서부터 소중히 간직한 물건들을 진열하면 좋을 것 같았다. 노란색인데도 앤티크한 느낌이 나는 것도 매력적이었다. 사라가 수납장을 미진에게 보여 주며 말했다.

"요거 완전 내 스타일인데. 정말 쌈박하단 말이야."

미진은 아무 말도 하지 않았지만 눈빛만으로 무슨 말을 하려는지 알 것 같았다. 그 안에 뭘 넣을 건데? 실용성이 전혀 없잖아. 나는 그 수납장과 절묘한 조화를 이루었던, 수납장 위에 달아 놓은 호박 모양의 전등이 탐났지만 제품 번호나 가격을 확인하진 않았다. 체념이 빠르다는 것이 나의 장점이라면 장점이었다.

배를 두드리며 다시 쇼핑에 나섰다. 이제부터는 계속해서 소품들이 펼쳐졌다. 분홍, 연두, 노란색의 형광색 옷걸이, 색색의 온갖 양초들, 15개들이 미니 향초, 귀여운 온갖 동물 인형들, 깃발처럼 마름모꼴로 보이도록 진열한 색색의 수건들, 가까이에서 봐야 무엇인지 알 수 있는 커다란 통에 수북이 담아 놓은 변기솔, 그리고 공연히 전기세 걱정을 하게 만드는 모조리 불이 켜진 스탠드가 불빛을 내뿜으며 눈앞에 펼쳐졌다.

미진은 14,900원짜리 보름달 모양의 스탠드를 들어 올려 이케아에서 제공한 노란색 쇼핑백에 담았다. 우리는 보름달이 여러 개 떠 있는 그곳에서 셀카봉으로 사진을 찍었다. 찰칵, 셔터가 터지는 순간 나는 눈을 깜빡였다.

미진이 입구에서 집어 온 이케아 지도를 펼쳐 보여 주며 말했다.

"거의 다 본 거 같네. 가구 말고 작은 소품은 직접 들고 가면 되거든. 여기서부터 각자 움직이다가 개인적으로 필요한 거 있으면 담아서 셀프 서브 구역에서 집합하자. 에스컬레이터 타고 내려오면 돼. 한 시간이면 되겠지?"

모두들 뿔뿔이 흩어졌다. 흩어지려고 작정한 것도 아닌데 각기 관심 있는 소품 앞에서 멈춰 서다 보니 어느 순간 내 옆에는 아무도 없었다. 저건 뭐지? 하고 다가갔더니 색색의 찬란한 쓰레기통들이었다. 작고 저렴한 물건들은 한데 모아 높게 쌓아 올린 것만으로도 충분히 장식의 효과를 주었다. 멀리서 보면 화려하고 예쁜 것들이 가까이 다가가 낱개로 들어 올린 순간 평범해졌다. 어디선가 본 것처럼 낯이 익은 팝아트 액자 앞에서 잠시 고민했지만 수없이 많은 방에 걸린 그림이라고 생각하니 금세 갖고 싶지 않았다.

눈에 띄는 물건이 많았지만 나는 물건을 고를 수 없었다. 비슷하게 저렴하고 유용한, 그리고 세련된 소품들 앞에서 나는 결정 장애에 걸린 듯 망설였다. 당장 몇 달 뒤면 학생 신분에서 벗어나 아르바이트 취준생이 된다는 생각이 쇼핑 욕구를 감소시킨 것일까. 정말로 무엇을 사야 할지 알 수 없었다.

시계를 보니 시간이 얼마 남지 않았다. 나는 뛰듯이 걸었다. 무빙워크에 올라타 다리를 크게 벌려 성큼성큼 걸어 내려가는데 나도 모르게 입이 크게 벌어졌다. 우와아! 아래로 내려다보이는 이케아 창고의 규모는 엄청났다. 화려한 자태를 드러낸 쇼룸의 가구들과는 달리 구호물품처럼 박스에 담긴 채로 층층이 쌓여 올려진 가구와 소품들이 자신을 사 갈 주인을 기다리고 있었다. 이곳에서 보니 카트를 잡고 거니는 사람들도 모형 인형처럼 보여 나 역시 수많은 이케아 소품 중 하나인 것처럼 여겨졌다.

"이예주, 빨리 와!"

사라가 만나기로 한 장소에서 손을 흔들었다. 사라는 1년 만에 만난 것처럼 반가워했다. 미진은 보름달 모양의 스탠드를 포기했는지 5000원짜리 스탠드를 손에 들고 있었고 사라는 노란 가방에 별로 필요도 없을 것 같은 자질구레한 소품들을 담아 왔다. 이미 예산이 넘어갔는데도 우리는 국민 서랍장이라고 불릴 정도로 많이 팔렸다는 헬머 서랍장을 하나씩 구입하기로 했다. 미진은 회색, 나는 흰색, 사라는 빨간색. 취향이 다르다는 것은 동거인으로서는 좋은 점이었다. 우리는 패션 취향도 판이해서 다른 사람의 옷을 몰래 훔쳐 입다가 들켜 다툴 일도 없을 것이다. 그런데 그런 우리에게 왜 그런 일이 생겼을까.

픽업서비스를 신청하고 가구가 나오기를 기다리는데 미진이 바닥에 쭈그려 앉으며 말했다.

"아, 다리 아파. 우리 오늘 1킬로씩은 빠졌겠다. 한번 발을 집어넣으면 끝을 봐야만 빠져나올 수 있는 거네. 다시는 안 올래."

앵클부츠를 벗어 발을 주무르는 미진의 얼굴이 지쳐 보였다. 굽이 높은 통굽 구두를 신고 온 사라도 주저앉아 발을 주물렀다. 슬립온을 신은 내가 비스트로에 핫도그를 사러 가야 했다.

비스트로 앞에서 줄을 서 있는데 미진의 말이 귓전을 맴돌았다. 한번 발을 집어넣으면 끝을 봐야만 빠져나올 수 있다? 미진도, 사라도 그리고 나도 기어이 끝을 보고 무너져 내려야만 이 시간을 지나갈 수 있는 건가. 끝이 보일 때까지 견뎌 낼 수 있을까. 끝이란 게 있긴 한 걸까. 아니, 어딘가에 발을 담그긴 한 걸까. 간절히 하고 싶은 일도, 진실한 사랑도 찾지 못했다. 나의 청춘은 지루하고 애매하기만 했다. 특별히 일어난 일도 없는데 나는 때때로 아프고 지겨웠다. 이럴 바엔 자고 일어나면 스무 살쯤 늙어 버렸으면 좋겠다 싶었다.

주차장에서 기다리던 준호는 우리가 카트에 담아 온 가구들을 트럭 짐칸에 실었다. 미진은 자신은 지하철을 타고 가겠다고 말하고는 쌩하니 가 버렸다. 나는 미진의 뒷모습을 보며 따라갈까 고민하다가 트럭에 올라탔다. 미진과 준호는 2학년 때 잠깐 사귀었다. 준호가 미진과 사귀는 중에 사라에게 마음이 기울어 갈아탔다는 소문이 동아리에 파다하게 퍼졌는데도 4학년 때까지 나만 몰랐다. 사라는 피곤했는지 준호와 대화를 하다가 곯아떨어졌다. 한참을 말없이 운전하던 준호가 정체 구간에서 입을 뗐다.

"사라 좀 잘 챙겨 줘. 부쩍 말랐다."

"그래? 난 잘 모르겠는데."

"사라 무슨 일 있지?"

"글쎄."

"무슨 친구가 그러냐. 사라가 널 얼마나 챙기는데."

사라가 날 챙긴다고? 사라는 준호에게 나에 대해 대체 뭐라고 한 걸까.

"얘가 강한 척해도 안 그래. 바보처럼 착해. 이 험한 세상을 어떻게 살려고."

사라를 걱정하는 남자는 널리고 널렸다. 과에서도 사라가 자신의 애인이라고 착각하는 남학생이 한두 명이 아닐 것이다. 나는 준호의 오지랖이 달갑지 않았다. 사라의 애인도 친구도 아닌 호구 주제에. 나는 준호와 대화하지 않으려고 눈을 감고 자는 척을 했다.

모두들 나에게 무던하다고 한다. 하지만 나는 그리 무던하지도 않았고 경계심도 강한 편이었다. 의심 없이 사람을 믿어 버리는 것은 사라였다. 사라는 좋아하는 대상에게 머뭇거리지 않고 접근해서 자기 편으로 만들어 버렸다. 문득 사라가 낯설었다. 우리는 대학 시절 내내 단짝이었지만 서로 잘 모른다는 생각이 들었다. 사라는 평생 모를 것이다. 한때 우리 세 사람이 동시에 한 사람을 좋아했었다는 사실을.

빌라 앞에서 준호는 자신이 가구 조립을 도와주겠다고 했지만 사라는 눈치껏 거절했다. 미진과의 일도 일이지만 생일을 제외하고는 남자는 들이지 않기로 약속했기 때문일 것이다.

사라는 집에 들어가자마자 소파가 든 박스의 테이프를 뜯었다. 스펀지, 메탈 프레임, 나사, 커버…… 재료가 쏟아져 나왔다. 우리보다 늦게 도착한 미진은 옷을 입은 채로 바닥에 드러누워 물끄러미 우리를 쳐다봤다. 설명서를 보니 제법 복잡해 보였다. 사라가 한참을 만지작거리다가 말했다.

"생각보다 힘드네. 아, 짜증나."

미진이 자리에서 일어나더니 손을 걷어 붙였다.

"저리 비켜 봐."

미진은 능숙하게 조립을 해 나갔다. 오랜 시간 둥글게 말려 있던 스펀지를 반대 방향으로 말아서 평평하게 만들고, 프레임으로 팔걸이를 만든 후 천을 덮어씌웠다. 이제부터는 두 사람이 필요했다. 미진은 나에게 저쪽에서 잡고 있으라고 말했다. 미진은 나사를 조여 팔걸이 프레임과 등받이 부분을 연결했다. 커버를 씌우자 드디어 완성되었다.

"다 됐다. 30분도 안 걸리네."

"생각보다 힘드네. 그래도 왠지 모르게 뿌듯해."

한 번 해 봐서인지 두 번째 소파는 20분밖에 걸

리지 않았다. 회색 크노파르프 소파 두 개를 기역자로 놓고 나와 미진은 텔레비전 정면에 놓인 소파에 앉았고, 사라는 텔레비전과 수직으로 놓인 소파에 길게 드러누웠다. 우리는 말없이 텔레비전을 봤다. 나는 라크 보조테이블에 올려놓은 강냉이를 안주 삼아 맥주를 마시며 역시 소파를 사길 잘했다고 생각했다.

이 소파를 만든 사람은 어떤 생각으로 디자인을 했을까. 우리처럼 가난한 청년들을 주요 구매자로 설정한 걸까. 여자 혼자서도 들고 옮길 수 있는 무게, 고개를 숙이고 들어가야 하는 쪽방에도 아무 문제없이 들어갈 수 있는 해체 가능한 작은 소파. 가격이 저렴해서 이사 갈 때 버리고 가도 크게 아쉽지 않을 것이다. 광고가 나가는 동안 우리는 소파에 대한 이야기를 나눴다.

“얼마 하지두 않는데 여름에 색깔 바꾸는 거 어때? 매일 같은 색이면 지루하잖아.”

“그럴까. 정말 얼마 하지도 않는데. 인테리어 바꾸면 기분전환이 돼서 좋더라. 커버만 사면 되잖아. 노란색 소파도 예쁘더라.”

“버리는 데도 얼마 안 들어. 분해할 수 있으니까.”

"꼭 같은 소파여야 하나? 가격대 비슷한 걸로 바꿔도 되겠지?"

소파는 별로 푹신하거나 편안하지 않았다. 하지만 우리에게 더없이 적당한 소파라는 생각이 들었다.

황당하게도 다 함께 조립한 크노파르프 소파는 며칠 후 불에 탄 채로 발견되었다. 가장 먼저 현장을 목격한 건 나였다.

"대체 누가 이런 거야?"

화형당한 소파는 텔레비전과 정면으로 마주본 소파였다. 크리스마스 이브였던 어제, 우리는 너나 할 것 없이 만취했다. 아무리 기억을 더듬어 봐도 생각나는 것이 없었다. 추측일 뿐이지만 발코니에서만 피우게 되어 있는 담배를 미진이 집 안에서 피웠을 것이고 종이에 담뱃불이 옮겨 붙었을 것이다. 불이 붙은 종이가 소파에 떨어졌을 것이다. 그것을 증명이라도 하려는 듯 미진이 늘 들고 다니던 수첩이 반쯤 불에 타 소파 밑에서 발견되었다. 누군가가 불 위에 와인을 들이부었는지 칼부림이라도 난 것처럼 불에 탄 부분에 레드와인이 흥건히 고여 있었다.

처음에는 홀짝거리다가 점차 빠른 속도로 와인을 들이켰더니 기억이 듬성듬성했다. 종류가 다른 술을 섞어 먹는 게 아니었는데. 모두들 다음 날이 휴일이란 생각에 아무 생각 없이 퍼 마셨다. 이런저런 이야기를 하다가 언쟁이 붙었는데…… 그리고 화해를 했고 다 같이 부둥켜안고 울었던 것 같다. 양초에 불을 붙이려고 했던 것 같은데 도대체 누가 붙였는지, 누가 소파를 태워 먹었는지 기억나지 않았다. 양초였는지 담배였는지…… 그러고 보니 그것도 불분명했다.

잠시 승강이가 벌어졌다. 도대체 누가 이랬을까? 시시티브이도 없는데 어떻게 알아? 집에 시시티브이를 설치하자는 거야? 결국엔 평화롭게 마무리되었다. 얼마 하지도 않는 거 하나 더 사 오기로 합의를 본 것이다. 인터넷 주문을 하면 될 것을 나와 사라는 카페 사장에게 또 시간을 빼 달라고 하고는 다음 날 이케아에 다녀왔다. 배송료를 아끼겠다는 생각도 있었지만 더 큰 이유는 그날 빼먹고 사오지 않은 몇 가지 소품이 눈앞에 아른거렸기 때문이었다. 크노파르프 소파는 가벼워서 둘이서 들고 오기에 충분했다.

집에 도착했을 때는 미진이 퇴근해 있었다. 미진은 다시는 이케아에 가지 않겠다고 말한 것을 벌써 잊었는지 왜 자기를 빼 놓고 갔느냐고 화를 냈다. 그러고는 박스를 뜯어 노란색 커버를 발견하고 왜 노란색 소파를 샀느냐고 또다시 화를 냈다. 하지만 미진은 스스로 자신이 범인이라고 생각하는지 끙끙대며 소파를 조립했다. 세 번째라서인지 내가 잠시 도와주자 쉽게 조립할 수 있었다. 미진은 불에 탄 소파를 치우고 새로 조립한 소파를 자리에 놓았다. 그러고는 순식간에 불에 탄 이케아 소파를 분해했다. 조립의 역순으로 나아가자 쉽게 분해가 되었다. 해체된 소파를 보자 한숨이 작게 흘러나왔다. 방금 전까지 당당히 서 있던 소파가 프레임과 천, 스펀지가 되어 주저앉아 있었다.

나는 분해한 소파를 대충 묶어 집밖에 내놓았다. 거실로 돌아와 소파에 앉은 순간 사라가 스마트폰을 들여다보며 꺅 소리를 질렀다.

"사장이 내일부터 나오지 말래."

내 핸드폰에도 같은 문자가 도착해 있었다. 사라는 심호흡을 한 다음 사장을 향해 온갖 욕을 쏟아냈다.

“뭐 이런 웃기는 여자가 다 있어? 노동청에 신고할 거야. 근로계약서도 안 쓰고 끝날 때 10분씩 더 한 거 시급도 안 쳐 주고 명문대 다니는 자기 딸이랑 은근히 비교하면서 사람 무시하고. 치, 명문대 다니면 뭐해? 자기 딸이나 우리나 똑같이 취준생인걸.”

나도 같이 욕을 하긴 했지만 최근에 너무 자주 빠졌다는 생각이 들었다. 크리스마스 당일에도 그럴듯한 핑계를 대며 나가지 않았다. 그래도 그렇지 이렇게 일방적으로 해고를 통보하다니. 불에 탄 소파처럼 처참한 기분이었다.

우리는 라크 보조테이블 위에 간단한 안주를 늘어놓고 맥주 캔을 하나씩 땄다. 미진이 맥주 캔을 비운 다음 말했다.

“고백할 게 있는데 나 다음 달부터 백수야. 계약 연장 안 됐어.”

미진은 내일부터 방학이야 하는 것처럼 가볍게 말했는데 그야말로 비참한 침묵이 흘렀다. 노란색 소파에 드러누운 사라는 소리 나게 한숨을 지었다. 우리는 아무 일도 없었던 것처럼 계속해서 예능 프로그램을 봤다. 방송에 효과음으로 삽입된

웃음소리가 유난히 거슬렸다. 미진은 갑자기 밖으로 나가더니 집 밖에 내놓은 소파를 들고 왔다. 아무리 생각해도 버리기엔 아깝다면서 발코니에 두고 쓰자고 했다.

"담배 피울 때 서서 피우면 다리 아프잖아."

그냥 버리라는 사라의 말에도 아랑곳없이 미진은 다시 해체된 소파를 조립했다. 나도 미진을 도왔다. 화형당한 소파를 조립하는 데는 35분이나 소요되었다. 조립하는 우리도 힘이 빠진 상태였고 화형당한 소파도 힘이 없어 제 모습을 찾기가 힘들었다. 우리는 끙끙대며 다시 조립한 화형당한 소파를 발코니로 옮긴 다음 소파에 나란히 앉아 담배를 피우고 맥주를 마셨다. 와인이 쏟아진 부분에 앉아 있던 나는 갑자기 웃음이 터졌다. 사라가 담배 연기를 내뿜으며 말했다.

"얘 왜 이래?"

웃음을 멈추려 했지만 허파에 구멍이 난 것처럼 멈추어지지 않았다. 나는 눈가에 눈물이 새어나올 정도로 많이 웃었다. 눈을 휘둥그레 뜨고 나를 쳐다보던 사라와 미진도 머리를 뒤로 젖히고 크게 웃었다.

쇼케이스

희영은 아침에 일어나면 가장 먼저 태환의 방으로 들어가 태환의 컴퓨터를 켰다. 태환을 보기 위해서였다. 화면의 중앙을 차지하고 있는 5번 화면에 태환의 뒷모습이 비쳤다. 태환이 서 있는 곳은 정육점이었다. 붉은 고기가 진열된 쇼케이스 위 대면에서 칼자루를 손에 쥔 태환의 오른쪽 어깨와 팔이 위아래로 일정한 속도로 움직였다. 태환은 고기를 썰고 있었다. 태환은 이제 돼지를 능숙하게 해체했다. 지난 3년간 태환은 매주 월요일마다 정형 기술을 배우러 다녔다. 쉬는 날을 반납하고 기술자의 가게에서 잡일을 하며 기술을 익혔다. 고기 자르는 법을 가르쳐 주는 학원 같은 건 없다. 기술을 익힌 사람에게 어깨너머로 배워야 했다. 덕분에 월급이 올랐다. 소를 해체하는 기술까지 완벽하게 익힌다면 태환의 월급은 더욱 오를 것이었다. 희영은 남편의 컴퓨터를 켜 놓은 채로 거실 탁자 위에서 마늘을 까거나 빨래를 갰다. 노트북을 올려놓고 글을 쓰기도 했다. 태환은 희영을 위해 천장에 커튼봉을 달아 탁자 옆으로 커튼이 드리워지도록 설치해 주었다. 커튼을 치고 전구를 켜면 식사하는 공간이 글을 쓰는 공간으로 변했다. 백열전구도 태환의 작품이었다. 태환은 옛날식 소켓에 전선을 연결해 백열전구를 끼운 다음 천장에 달아 밑으로 늘어뜨렸다. 희영은 태환에게 요즘 누가 백열전구를 쓰냐고 면박을 주었지만 의외로 자주 백열전구를 켜게 되었다. 의도적으로 독특한 인테리어를 한 것 같기도 했고 깡마른 수도승을 연상시키는 백열전구는 비장한 분위기를 풍겼으므로 집중이 잘 되었다. 희영은 글을 쓰면서 가끔씩 컴퓨터 화면을 쳐다봤다. 시간이 꽤 지난 것 같은데 태환은 똑같은 동작을 반복하고 있었다. 화면 안에는 시간이 흐르지 않는 것 같았다.

희영이 화장실에 다녀온 사이 태환이 화면에서 사라졌다. 희영은 시간을 확인했다. 식사 시간이었다. 태환이 식사를 하는 자리는 시시티브이에 잡히지 않았다. 태환의 정수리가 화면 아래쪽에 조금 보였다가 사라졌다. 그런 모습이 몇 번이고 반복되었다. 희영은 화면에 보이지 않는 태환의 모습을 상상했다. 태환은 젓가락에 짬뽕 면을 말아 고개를 숙여 입에 넣은 다음 혹시나 손님이 올까 봐 고개를 들면서 씹고 있을 것이었다.

태환은 어느새 쇼케이스 앞에 나가 있었다. 그는 갑자기 들이닥친 주부들에게 고기를 판 다음 다시 자리로 돌아와 식사를 했다. 5번 화면에 있던 태환은 어느새 6번 화면으로 넘어가 있었다. 태환은 검은 봉지에 담은 짬뽕 그릇을 쇼케이스 아래쪽에 내려놓았다.

희영이 화면을 통해 태환이 일하는 모습을 엿보게 된 것은 1년 정도 되었다. 태환은 지난해 가을 컴퓨터를 집에 가져왔다. 사장이 주었다고 했다. 사장은 장사가 안 되는 점포를 정리하면서 매장에서 쓰던 컴퓨터를 태환에게 주었다. 그 컴퓨터에는 정육점에 설치된 시시티브이를 볼 수 있는 프로그램이 깔려 있었다. 컴퓨터를 켜면 시시티브이 화면이 자동으로 떠올랐다. 희영은 지금 이 순간 같은 화면을 보고 있을 사장을 욕하면서도 자연스럽게 태환의 일과를 엿보게 되었다.

꽉 찬 컴퓨터 화면은 9개의 동일한 크기의 사각 화면으로 나뉘어 있었다. 9개의 화면 중에 8개의 화면에는 사장이 소유한 네 개의 점포가 들여다보였다. 각 점포당 두 개씩 화면이 배당되어 있었다. 9번 화면은 새파란 색으로 채워져 있었다. 태환은 5번과 6번 화면에 등장했다. 5번 화면은 정육점 내부를, 6번 화면은 정육점 쇼케이스를 비췄다. 정육점 내부를 비추는 시시티브이를 통해 태환이 일하는 모습을 지켜보고 쇼케이스를 비추는 시시티브이를 통해 정육점을 찾은 손님들을 볼 수 있었다. 아직 쇼케이스 위에 달린 레일조명을 켜지 않아서 고기가 흐릿하게 보였다. 붉은색 레일조명은 아직 밝은 4시부터 켰다. 월초의 추석 특수 때는 이른 아침부터 커다란 호박등 두 개와 백색광 그리고 붉은 조명을 밝혔다. 수백만 원어치의 고기를 파는 태환의 어깨는 춤을 추는 것처럼 들썩였다. 태환의 손이 바빠질 때면 키보드 위 희영의 손도 빠르게 움직였다.

태환은 아침 9시부터 밤 10시까지 작은 화면 안에 갇혀 있었다. 태환은 사장에게 빚을 지고 있었다. 매달 월급에서 50만 원씩 제하고 통장으로 돈이 들어왔다. 태환은 신용이 좋지 않은 자신에게 돈을 빌려 준 사장을 친형처럼 따랐다. 태환은 휴일에도, 한밤중에도 사장이 부르면 잽싸게 달려 나갔다. 희영은 태환이 집에 늦게 오는 것이 싫었지만 태환이 사장과 함께 있을 때는 태환에게 전화를 걸지 않았다.

태환은 한참 동안 파를 기계에 넣어 채를 썬 다음 봉지에 담는 일을 반복했다. 그가 오래도록 화면에서 사라졌다가 다시 나타났다. 그는 목이 잘려 6등분된 거대한 돼지의 뒷다리를 정육점 한쪽에 걸린 갈고리에 걸고 있었다. 돼지의 발목에 갈고리를 꿰는 순간 희영은 눈을 질끈 감았다. 안쪽 작업대에서 어제 들어온 돼지를 발골 작업한 모양이었다. 커다란 갈고리에 여섯 개로 조각나 뼈가 발린 돼지의 몸이 덩어리째 걸려 전시되었다. 반나절 정도 전시한 다음 부위별로 고기를 해체할 것이다.

저렇게 돼지를 갈고리에 매단 날은 고기가 더 많이 팔린다는데 희영은 허연 지방과 붉은 살코기, 뼈가 뒤섞인 고깃덩이를 보면 비위가 상했다.

희영은 옷을 갖춰 입고 태환과 만나기로 한 지하철역으로 나갔다. 아직 10분이 남아 있었다. 희영은 정육점 건너편으로 걸어가 노래방 입구에서 태환을 훔쳐봤다. 미도축산. 노란색 간판 밑에서 태환은 도인 같은 표정으로 고기를 썰고 있었다. 시시티브이에는 보이지 않는 태환의 얼굴이 이곳에선 훤히 보였다.

파마머리 주부가 다가가자 태환의 얼굴에 미소가 번졌다. 2년 전만 해도 표정도 경직되어 있고 손님을 맞이하는 것이 어색했는데 이제 제법 단골을 확보한 모양이었다. 태환은 두건을 쓴 이후로 매출이 올랐다고 했다. 주고객이 주부니까 멋을 내라고 한 2층 횟집 사장의 충고를 받아들인 것이었는데 희영은 꾸미는 것에 관심이 없는 태환이 매출을 위해 패션을 신경 쓴다는 것이 신기했다. 어서 오세요. 뭘로 하시겠어요? 희영은 입모양만 봐도 태환이 무슨 말을 하는지 알 수 있었다. 주부가 떠난 다음 희영은 정육점 옆으로 자리를 옮겨 태환에게 카카오톡 문자를 보냈다. 왜 아직도 안 나와? 가게 옆에 있어. 태환은 핸드폰을 쳐다보더니 가게 안쪽으로 사라졌다. 그 순간 정육점 붉은 조명이 켜졌다. 이제야 푸줏간 같았다. 쇼케이스에 진열된 선명한 피를 머금은 고기들이 한층 먹음직스러워 보였다.

태환이 희영 옆으로 다가왔다. 방금 전까지 쓰고 있던 빨간색 두건을 벗자 태환은 제 나이인 40대 초반으로 보였다. 희영은 태환의 머리가 M자로 벗겨지기 시작한 것이 언제부터인지 기억나지 않았다. 연애 시절의 태환은 머리숱도 풍성했고 또래보다 앳되어 보였다. 무엇보다 열정이 넘쳤다. 태환은 그때와는 어딘가 달라졌다. 하고 싶은 일을 할 수 없기 때문일 것이다. 희영은 얼마 전 새로 들어온 태환의 부사수에게 인사를 한 후 쇼케이스 위 조명을 올려다보며 말했다.

"조명은 꼭 이렇게 켜야 하는 거야?"

"뭐가?"

"정육점 조명 말이야. 너무 적나라해."

"살짝 갈변한 건 불 바로 아래에 있으면 가려져."

태환은 희영의 팔을 끌어당기며 지하철역 쪽으로 고갯짓을 했다.

희영이 이케아 개점 소식을 들은 건 3년 전이었다. 하지만 시간을 내기 힘든 태환 때문에 이제야 방문하게 되었다. 희영은 쉬는 날마저 기술을 배우러 다니는 태환에게 추석 보너스를 받은 김에 근무시간 중에 잠시 다녀오자고 졸랐다. 희영이 지하철역 출구로 들어가려는데 어머니로부터 전화가 걸려왔다. 우리 사위가 보내 준 고기 잘 받았어. 이렇게 맛있는 고기는 처음 먹어 봤어. 고맙다고 전해 줘. 희영은 웃으며 전화를 끊었다. 사실은 그 일로 태환과 다퉜다. 희영은 친정에 고기를 보낼 때 손님들에게 파는 것처럼 빨간 포장 박스에 예쁘게 담아 달라고 했지만 태환은 포장을 생략하고 투박한 스티로폼 박스에 고기를 담아 보냈다. 포장 박스는 등가구 때문에 빈 공간이 적어서 많이 담지 못한다면서 겉보기엔 덜 예쁘지만 이 박스가 더 많은 고기를 담을 수 있다고 했다. 태환은 늘 그런 식이었다. 포장을 생략한 고기 상자 같은 사람.

태환은 지하철 안에서 부사수에게 전화를 걸어 몇 가지 지시를 내리고 거래처에 전화를 걸어 고기를 주문했다. 태환은 고개를 끄덕이며 졸기 시작했다. 그래도 희영은 틈틈이 태환에게 말을 걸었다.

"더블 침대가 좋을까 소파베드가 좋을까?"

"더블 침대가 들어오면 꽉 찰걸. 나는 침대는 불편하니까 희영 씨 방에나 들여 놔."

손님에게 말할 때와는 다르게 태환은 퉁명스러웠다. 희영은 카탈로그를 펼치며 말했다.

"2층 침대는 어때? 나란히 누울 수 없다면 위아래로 자는 것도 괜찮지."

희영은 태환의 답변에 귀 기울였지만 태환의 고개는 다시 희영의 어깨 위로 떨어지고 있었다. 희영은 머릿속에 자신의 집을 떠올리며 그에 어울리는 침대를 그려 보려 했지만 쉽지 않았다. 헌책방에 침대라니.

며칠 전에는 집에 단짝 친구가 놀러왔다. 희영은 10년간 친구를 집에 들인 기억이 없었다. 소위 집들이라는 것을 희영은 해 본 적이 없었다. 친구는 집 안을 둘러보며 말했다. 집이라기보다는 헌책방 같다. 소설가 부부라서 낭만적이네. 그 말에 희영은 크게 웃었다. 그 말이 마음에 들었다. 헌책방이라니. 정확한 표현이었다. 희영과 태환이 결혼 전에 모았던 책을 한데 모았으니 작은 헌책방처럼 보일 법도 했다. 그제야 희영은 자신의 집이 일반적인 신혼부부의 집과는 다르다는 것을 깨달았다. 다른 집에는 기본으로 갖춰진 소파와 침대, 옷장 같은 가구들을 희영은 집에 들여 놓은 적이 없었다. 하지만 10년간 헌책방에서 살았으니 이제는 좀 분위기를 바꿔 보는 것도 나쁘지 않을 것이다. 희영은 태환의 손을 깍지 껴 잡았다가 태환의 손을 펴서 손가락과 손바닥이 연결된 지점에 굳게 박인 굳은살을 매만졌다. 굳은살은 차치하고 태환의 손은 상처투성이였다. 아문 지 오래된 흉터도 여럿이었다. 희영은 흉터를 지우려는 듯 흉터 위로 자신의 손가락을 여러 번 문질렀다.

이케아에 도착한 시간은 오후 5시였다. 뉴스에서 본 것처럼 사람이 많진 않았다. 개점한 지 3년이 되어 가는 데다 평일 오후이기 때문일 것이다. 사방에 예비부부로 보이는 커플들과 아이들을 대동한 부부들이 보였다. 희영은 문득 자신들은 사람들에게 어떻게 보일까 생각했다. 예비부부라고 하기엔 설렘이 부족한 것 같았고 아이가 없으니 연차가 오래된 부부로 보이지도 않을 것 같았다. 희영은 태환의 팔짱을 끼고 가볍게 걸었다. 기왕이면 예비부부로 보이고 싶었다. 10년 전으로 돌아가서.

그때도 희영은 태환과 팔짱을 끼고 어딘가를 걷고 있었다. 태환은 희영을 홍대 근처의 보석가게로 이끌었다. 미리 주문해 둔 14K 반지를 사서 나오더니 잠시 머뭇거리다가 희영에게 반지를 건넸다. 드라마도 안 봤어? 끼워 줘야지. 희영 씨도 손 있잖아. 쑥스럽게. 무드 없는 태환은 말은 그렇게 했지만 반지를 희영의 손가락에 끼워 주었다. 희영과 태환은 손을 맞잡고 쓰고 있던 소설의 결말을 이야기하며 걸었다. 희영은 그 거리가 버진로드라고 생각했다. 흰색 꽃이 아니라 저마다의 몸속에서 꿈틀거리는 이야기를 품은 사람들이 늘어선 스토리 로드. 번화가에 몰려든 젊은이들이 저마다의 이야기로 희영과 태환의 결혼을 축하해 주는 것 같았다. 저녁 시간을 온통 걸어도 지루하지 않았다. 태환은 희영에게, 희영은 태환에게 세상 끝나는 날까지 들려 줄 이야기가 있었다.

혼수도 집도 없었다. 덕분에 예단 때문에 싸울 일도 없었다. 아무런 잡음이 없는 둘만의 결혼식. 결혼식을 하지 않기로 한 건 아니었다. 태환이 등단했을 즈음 태환은 빚이라도 내서 하자고 했지만 희영이 반대했다. 그렇게까지 하고 싶진 않아. 상황이 좋아지면 하지 뭐. 나중에 나도 등단하면 하자. 막상 희영이 등단을 하자 결혼식은 또 다른 이유로 미루어졌다. 다음 해엔 꼭 하자, 한 것이 열 번째였다. 10년 차 부부라니. 희영은 실감나지 않았다. 호칭 때문일까. 희영과 태환은 10년간 서로에게 여보라든가 당신이라는 호칭을 쓴 기억이 없었다. 연애할 때처럼 언제나 태환 씨, 희영 씨였다. 서로가 서로에게 며느리와 사위의 역할을 강요하지 않았다. 태환은 희영에게 아내의 역할마저 요구하지 않았다. 희영은 자신들이 부부라기보다는 연인에 가깝다고 생각했다. 정육점 단골손님이 태환에게 자기 딸과 만나 보라고 했을 때 밖에서 총각 행세 하는 거냐며 농담조의 실랑이를 벌였지만 희영은 어떤 절차나 격식 없이도 견고하게 유지되는 관계가 자랑스럽기도 했다.

희영은 조명이 밝은 쇼룸을 거닐며 정육점 쇼케이스를 떠올렸다. 쇼케이스 속 고기가 실제보다 먹음직스러워 보인다는 것을 잘 알면서도 희영은 멋진 쇼룸에서 눈을 뗄 수가 없었다. 희영은 쇼룸을 둘러보며 어떻게 하면 소박한 자신의 집을 조금이라도 나아 보이게 할 수 있을까 고민했다.

"생각보다 별론데?"

희영의 말은 속마음과는 다르게 나갔다. 하지만 보너스 금액을 넘어가지 않게 하려면 침대 외에는 눈독 들여서는 안 되었다.

매장의 쇼룸은 벌써부터 크리스마스를 맞을 준비를 하고 있었다. 크리스마스 장식들을 보자 희영의 얼굴에 미소가 감돌았다. 희영은 처음 태환과 함께 살았던 반지하 단칸방을 떠올렸다. 그 방은 햇빛이 잘 들지 않아서 실제보다 초라해 보였으며 신혼부부의 방이라기보다는 작업실에 가까웠다. 하지만 그 방을 떠올리면 가슴 가득 차오르는 행복감이 생생히 떠올랐다. 희영과 태환은 일을 마친 후 집에 돌아와 기역 자로 놓인 좌식 책상 두 개에 앉아 키보드를 두드렸다. 태환 씨, 좀 작게 두드리면 안 돼? 손톱 좀 깎아. 연장 탓하지 맙시다. 그런 말다툼이 늘 이어지는 밤이었다. 그 밤들은 헛되지 않았다. 태환이 먼저, 3년 뒤에 희영이 차례로 등단했다. 지금도 이렇게 행복한데 나중에 집이 생기면 얼마나 행복할까? 이런 대화를 나눈 건 크리스마스 이브를 하루 앞둔 날, 일을 마치고 집으로 뛰어들어온 희영이 태환의 품으로 뛰어들어 신춘문예

당선 소식을 전했던 고지대의 집에서였다. 한번 올라가려면 시지프스가 된 착각에 빠지곤 했던 언덕 위에 위치한, 함석 슬레이트 지붕을 올린 집. 희영은 그날만큼은 경사가 가파른 언덕길을 전혀 힘들이지 않고 올라갈 수 있었다. 이튿날 새벽, 희영과 태환은 집 뒤로 이어진 산책로를 통해 인왕산 정상에 올랐다. 인왕산 정상에서 내려다본 서울은 집과 집, 아파트와 빌라만으로 이루어져 있는 것처럼 건물들로 빼곡했다. 희영은 어느 한 지점을 손가락으로 가리키며 말했다. 저 많은 집 중에 우리 집도 있겠지?

혼인신고를 한 날도 크리스마스 이브였다. 태환과 희영의 등단 사이의 어느 날이었다. 오늘도 구청이 문을 여네. 슬리퍼를 질질 끌며 산책을 하던 크리스마스 이브 오후, 구청 앞을 지나다가 온 김에 하자고 한 건 태환이었던 것 같다. 이튿날 희영은 고등학교 동창의 결혼식에 참석했다. 크리스마스에 진행된 결혼식인 만큼 결혼식은 축제 분위기였다. 희영은 결혼식의 압도적인 규모에 놀랐는데 옆자리에 앉은 동창이 웃으며 귀띔해 주었다. 하객 알바만 100명이래. 아쉽게도 희영은 버진로드 위로

드리워진 화려한 조명을 올려다보느라 버진로드를 걷는 친구의 얼굴을 제대로 보지 못했다. 그리고 100일도 지나지 않아 희영은 동창이 파혼했다는 소식을 전해 들었다. 동창 남편의 치명적인 과거가 밝혀져서 없던 일로 하기로 했다는 것이다. 그 소식을 전해 준 동창은 혼인신고를 하지 않아서 다행이라고 했다. 결혼식을 올리고, 혼인신고는 하지 않은 채로 석 달간 한집에서 산 부부와 결혼식을 올리지 않고 3년간 동거한 후에 혼인신고를 한 지 석 달이 된 부부 중 어느 쪽이 진짜 부부에 가까울까. 희영은 이런 해도 그만 안 해도 그만인 생각을 하다가 그 집은 어떻게 되었을까 하는 생각에 도달했다. 그리고 그 집의 주인 잃은 가구와 혼수품들은 어떻게 처분했을까.

문득 희영은 자신이 언제부터 태환을 남편으로 생각했었던가 생각했다. 처음으로 태환과 한 집에 들어간 날도, 태환으로부터 월급 통장을 전해 받은 날도, 태환에게 청혼을 받은 날도, 혼인신고를 한 날도 아니었다. 희영은 자신의 기억력을 탓했다. 그 결정적인 순간을 기억하지 못하는 자신이 바보 같았다. 다른 여자들은 언제 남편을 남편이라고 처음으로 생각할까. 대부분 결혼식장에 들어선 순간, 남편의 팔짱을 끼고 버진로드를 걸으면서, 혹은 혼인서약을 한 순간 이제 나는 이 사람의 아내가 되었구나, 인식할 것이다. 그렇다면 그런 절차를 거치지 않은 내가 태환을 남편으로 받아들인 순간은 언제였을까. 희영은 이케아 쇼룸 안에서 태환과 함께 산 지 10년이 다 되어서 엉뚱한 생각에 빠져들었다.

희영은 세련된 주방에 들어가 싱크대 앞에 섰다. 심플한 디자인의 수전과 싱크볼, 깔끔한 흰색 찬장까지. 같은 용도의 공간이라고는 생각할 수 없을 정도로 희영의 주방과는 다른 멋진 공간이었다. 희영은 이런 주방에서라면 절대로 그릇을 쌓아 두지 않을 것이고 산처럼 쌓인 그릇들을 하루 종일 씻는다고 해도 콧노래를 흥얼거릴 거라고 생각했다. 태환도 싱크대 밑 하부장 문을 열어 보며 관심을 보이다가 300만 원이 넘어가는 가격표를 보더니 혀를 내둘렀다.

지금 사는 집으로 이사 왔을 때, 태환은 또다시 결혼식 이야기를 꺼냈다. 주방에서였다. 태환은 퇴근해 들어오자마자 설거지를 하고 있는 희영의 옆으로 다가와 웃으며 말했다.

"아는 형이 돈 빌려준대. 올해 안에는 꼭 하자. 축의금으로 금방 갚으면 되니까."

그리고 종이 한 장을 희영의 얼굴 앞으로 내밀었다.

"이게 뭐야?"

"혼수품 필수 목록. 결혼 관련 인터넷 카페에서 찾았어."

희영은 한 손으로는 그릇에 비누칠을 하며 종이를 들여다봤다. 혼수품 필수 목록은 여섯 가지 항목으로 분류돼 있었다. 침대, 화장대, 장식장, 소파, 문갑, 서랍장과 같은 '가구들'부터 냉장고, 텔레비전, 세탁기, 전자레인지, 믹서기, 식기건조기, 가습기와 같은 '전자제품', 그릇, 수저, 수저통, 도마, 냄비, 프라이팬, 유리도구 세트, 찻잔 세트와 같은 '주방용품', 분무기, 슬리퍼, 먼지떨이, 드라이기와 같은 '기타용품들'……. 희영의 집에는 있는 것보다는 없는 것이 더 많은 것 같았다.

"그러니까 이것들을 지금에 와서 사들이자는 거야?"

"필요 없어? 좋아할 줄 알았는데. 식 올려도 돈

이 좀 남을 거야. 거기서 희영 씨 필요한 거 있으면 사 줄게. 나는 딱히 필요한 게 없으니까."

희영은 물 흐르는 소리를 들으며 필수 목록에 나온 것들을 사러 간 자신의 모습을 상상했다. 가슴이 두근거릴 줄 알았는데 아무런 감흥이 없었다. 그저 헛웃음이 날 뿐이었다. 살림살이가 늘어나면 청소할 시간만 늘어날 것 아닌가. 희영이 별다른 반응을 보이지 않자 태환은 스마트폰으로 예식장 홈페이지를 서너 군데 보여 주며 어디가 좋겠느냐고 물었다. 희영은 스마트폰을 건성으로 한 번 본 다음 프라이팬에 눌어붙은 음식 찌꺼기를 제거하며 말했다.

"결혼식 따위 필요 없어. 내가 집중해서 글을 쓸 수 있게만 해 줘."

희영은 수도꼭지를 잠근 다음 태환의 눈을 똑바로 보며 천천히 분명한 발음으로 말했다.

"그게 내가 진짜 바라는 거야."

태환은 아무 말 없이 싱크대에 쌓여 있는 그릇들을 쳐다보다가 자기 방으로 들어갔다. 태환이 방에서 나와 화장실로 들어가자 곧이어 샤워기 소리가 들렸다. 싱크대 수도꼭지에서도 다시 물이 흘러

나왔다.

희영은 남은 그릇들을 씻으며 생각했다. 결혼식이란 건 열정이 온몸을 가득 채울 때 해야 하는 거 아닌가. 예비 부부가 손을 맞잡고 이제부터 50여 년의 길고 험난한 여정을 시작해 보자고 격려하는 거 아닌가. 그런데 그런 열기가 사라진 것은 물론이고 결혼이 뭔지, 결혼 생활이 뭔지 알 만큼 아는 7년 차 부부가 결혼식이라니. 희영은 아무래도 열정이 생기지 않았다. 하지만 글쓰기에 대한 열정은 하루가 다르게 커져만 갔다. 첫 번째 책을 출간한 지 1년이 지난 시점이었다. 희영은 단 1년이라도 다른 일에 치이지 않고 집중해서 글을 쓰고 싶었다.

희영은 태환에게 간절히 원하는 것을 말하고 싶었다. 한 번뿐인 인생, 원하는 것을 하고 싶었다. 희영은 태환 앞에선 욕망을 노골적으로 드러낼 수 있었다. 원하는 것, 하고 싶은 것, 갖고 싶은 것을 말할 수 있었다. 이기심도 솔직함으로 탈바꿈시킬 수 있었다. 그래도 부끄럽지 않았다. 태환은 희영을 윤리적으로 판단하지 않기 때문이다. 여자는 간절히 원하는 것을 말할 수 없게 하는 사람을 사랑할 수 없다. 적어도 희영은 그랬다.

이튿날, 퇴근해 들어온 태환은 결심한 듯 말했다.
"희영 씨는 이제부터 5년간 글만 써. 나는 고기를 썰게."
희영은 기쁨을 감추고 말했다.
"정말 그래도 돼? 태환 씨도 글 써야 하잖아."
"나는 집을 살 때까지는 안 쓸 거야. 희영 씨 원없이 써. 2년만 더 하면 소를 해체하는 기술도 마스터할 거야. 그럼 돈을 더 많이 벌 수 있어. 일이 잘 풀리면 희영 씨는 이제 평생 글만 써도 될 거야."
태환이 작게 덧붙였다.
"다른 건 몰라도 희영 씨가 마음껏 글 쓰게는 해 주고 싶어."
격식을 차리진 못했지만 가장 원하는 것을 해 주겠다는 말로 들렸다. 어쩌면 그 순간이었을까. 태환이 이제부터 글만 쓰라고 말한 순간, 희영은 태환을 남편이라고 생각했는지도 모르겠다. 자신의 꿈을 유예하고 사랑하는 사람의 꿈을 위해 돈을 벌어다 주고 밥을 먹여 줄 사람. 그건 평생을 약속한 남편이 아니라면 하기 힘든 결심일 것이다. 하지만 그 순간 희영은 '살 때까지는 글을 쓸 수 없게 하는' 집이라는 것이 정육점에서 보았던 소의 몸통처럼 거대하고 두렵게 느껴졌다. 너무나 거대해서 온전한 몸통째로 배달되지 않는, 네 등분한 소의 몸통 말이다.

그 주의 주말, 태환은 집에 만취해 들어왔다. 새벽까지 사장과 술을 마신 모양이었다. 태환은 매트리스 위에 드러누워 어눌한 발음으로 말했다.

"희영 씨, 이거 배워 보니까 돈이 될 거 같아. 잘만 배워 두면 평생 먹고살 걱정은 없겠어. 사장 밑에서 열심히 일하면 2, 3년 뒤에는 숍을 받을 수도 있어. 그땐 월급쟁이가 아니라 내가 점주야. 매달 깔세만 주고 다 가져올 수 있어. 5년이면, 아니 두 시간 먼저 열고 두 시간 늦게 닫으면 3년이면 집을 살 수 있다고."

태환은 장편소설을 완성했을 때보다 기뻐 보였다. 희영도 기뻤다. 집이라니. 희영은 집이라는 것에 대해 구체적으로 생각해 보지 않았다. 소설가 부부가 살아생전 집을 살 수 있을 거라고는 생각하지 않았다. 2년마다 옮겨 다니더라도 월세가 아닌 전세라면 다행이라고 생각했을 뿐이다. 청약 통장에 매달 소액의 돈을 붓고 있었지만 자녀가 있어야 유리하다니 그림의 떡이었다. 새도 보금자리를 장

만한 다음에 알을 낳는다. 그런데 알을 까고 나온 새끼를 입에 문 채로 둥지를 받는 줄에서 대기하라니. 희영은 철새처럼 서식지를 옮겨 다녀야 하는 지금 아이를 낳을 의욕이 생기지 않았다.

그날 밤 태환은 잠꼬대처럼 중얼거렸다.

"그럼 아기도 낳을 수 있을 거야. 희영 씨 닮은 아이 보고 싶다."

희영은 그쯤에는 폐경일 거라고, 벌써부터 생리불순이라고 말하진 않았다. 희영은 자신도 모르게 태환을 닮은 아기를 상상하다가 매몰차게 볼기짝을 때려서 아기를 머릿속에서 몰아냈다. 하지만 그 아이는 자꾸만 다시 네 발로 기어 희영의 머릿속으로 들어왔다. 희영은 다시 아이를 몰아내면서도 어머니가 사다 준 당귀차를 우리며 산부인과에 가서 폐경 시점을 늦추는 방법에 대해 상담 받아 볼까 생각했다. 봉지에 가득했던 당귀는 어느새 바닥을 드러내고 있었다.

그렇게 3년이 흘렀다. 태환은 고기를 썰고 희영은 글을 쓴 시간이. 태환은 정육점 붉은 레일 조명 밑에서, 희영은 노란빛을 내뿜는 백열전구 밑에서 3년을 보냈다. 도마 위 칼 소리, 탁자 위 노트북 타자 두드리는 소리. 남편은 정육점 안에서, 아내는 집 안에 마련한 작은 작업실 안에서 소리를 만들어 냈다. 태환은 아직도 결혼식을 하고 싶을까. 태환은 그 이후로 희영에게 결혼식을 올리자는 말을 한 적이 없었다.

희영은 자신도 모르게 작업실로 꾸민 쇼룸으로 끌려 들어갔다. 하지만 이상하게도 가구보다는 쇼룸에 진열된 소품들에 시선이 갔다. 액자, 전등, 다양한 패턴의 쿠션들. 이 자질구레한 소품들 때문에 쇼룸이 실제로 사람 사는 공간처럼 느껴졌다. 쇼룸에 진열된 소품들은 사실 낯이 익었다. 희영이 집에 사 놓은 물건들이 이케아 짝퉁 브랜드이기 때문이었다. 인터넷에는 이케아보다 값싸면서도 비슷한 디자인의 제품들이 넘쳐났다. 공간의 문제는 대체품으로 해결했다. 침대는 매트리스로, 장롱은 행거로, 소파는 빈백의자로 대체하면 그럭저럭 만족할 수 있었다. 대체품은 가구라고 하기에도 소품이라고 하기에도 애매했지만 없어서는 안 될 유용한 제품이었다. 접고 펴기를 반복해야 하는 매트리스도, 당장이라도 무너져 내릴 것 같은 행거도, 자세를 잡기 힘든 빈백의자도 불안하긴 마찬가지였지만 그마저도 없다면 생활을 지탱하기 힘들 것이었다. 희영이 이케아 매장까지 와서 깨달은 것은 이케아 가구도 자신에겐 사치라는 사실이었다.

"왜 그래? 어지러워?"

태환이 희영의 팔을 잡으며 말했다. 조명 때문일까. 희영은 현기증이 났다. 희영은 쇼룸 한쪽에 잠시 멍하니 서 있었다. 희영의 옆에는 키가 큰 플로어스탠드가 소파 쪽으로 허리를 굽히고 비스듬히 서 있었는데 그 밑에서 책을 읽으면 아주 집중이 잘 될 것 같았다. 희영이 그곳에 걸터앉아 발목을 돌리며 말했다.

"잠깐 앉았다 가자."

가슴이 설레는 화려한 방이었다. 천장에는 화려한 샹들리에가 달려 있었고 색색의 사각 쿠션들이 놓인 푹신한 소파 뒤로는 구스타프 클림트의 「처녀」가 걸려 있었다. 은색 종처럼 생긴 천장 트랙 조명은 클림트의 그림과 벽면에 걸려 있는 다양한 그림 액자들을 비추었다. 당장이라도 젊은 화가가 안으로 걸어 들어와 그림을 그릴 것 같았다.

"여기서 글 쓰면 잘 써질 것 같다. 그치?"

태환이 웃으며 답했다.

"참 잘도 쓰겠다."

태환은 그렇게 말하면서도 베이지색 소파의 가격을 확인했다. 희영은 자신도 모르는 사이 자신의 초라한 집과 눈앞의 쇼룸을 비교했다. 그리고 어떻게 하면 지금 사는 집을 조금이라도 더 이곳의 쇼룸과 비슷해 보이게 할 수 있을까에 생각을 집중했다. 희영은 잠시 이 방에서 글을 쓰는 태환과 자신의 모습을 상상했다. 희영은 노트북을 배 위에 올린 채로 소파에 길게 드러누울 것이고 소파에 앉은 태환은 원형 보조테이블 위에 노트북을 올려놓고 미간에 주름을 잡으며 글자를 쓰고 지울 것이다. 물론 이런 멋진 방에서 함께 글을 쓰는 것은 현실에선 요원한 일이었다. 설사 이런 방이 주어진다고 해도 집을 살 때까지 글을 쓰지 않겠다는 태환의 말이 사실이라면 희영의 상상 속 방은 희영의 소설 속에서나 등장할 법했다. 멋진 방에서 글을 쓴다고 멋진 글이 나오지 않는다는 것을 잘 알고, 화려한 신혼집에서 행복한 신혼이 보장되지 않는다는 것을 잘 알면서도 희영은 머릿속에 환상적인 장면을 그려 보는 것을 멈출 수 없었다. 개연성이 없는 결말이라고 합평 시간에 혹독히 까일 것을 각오하고서라도 원하는 대로 마지막 장면을 쓰곤 했던 습작 시절의 습관처럼.

태환이 핸드폰으로 시간을 확인하며 말했다.

"침대 산다며? 시간 없으니까 침대부터 둘러봐."

희영은 고개를 끄덕이면서도 침대가 아닌 다른 가구들과 소품들로 향하는 눈길을 어찌할 수 없었다. 큼지막한 식탁을 보니 멋진 식탁을 집에 들여놓고 10년 만에 친구들을 초대해 집들이라는 것을 해 볼까 싶었다. 쇼룸마다 자리한 소파를 보니 읽지 않는 책들을 정리해 공간을 확보한 후 고급스러운 가죽 소파를 들여놓으면 어떨까 생각했다. 태환은 침대만 보라고 했지만 희영은 자꾸만 방 전체를 보게 되었다. 태환은 실용적인 침대 하나면 충분하다고 했지만 희영은 아늑한 삶의 공간 전체를 상상했다. 비좁은 방에 들여 놓을 침대로 어떤 것이 좋을까. 쇼룸마다 멋지고 세련된 침대들이 놓여 있었지만 희영은 쉬이 선택할 수 없었다.

"이거 괜찮다. 적당히 푹신하고. 저건 어때? 무난해 보이는데."

범위를 좁히기조차 힘든 희영과 다르게 태환은 두세 개의 침대를 물망에 올렸다. 태환이 말한 침대는 모두 싱글 침대였다. 희영은 초점 없는 시선을 공중에 던지며 멍하니 서 있었다. 어떤 침대가 들어와도 좁은 집에는 부담이 될 것이었고 현재의 집에는 어울리지 않을 거라는 생각이 들었다.

"안 살 거야?"

태환이 다시 한 번 시간을 확인하며 짜증을 냈다.

"저녁에는 사람들 몰려들어서 가 봐야 해. 혼자 하기 힘들단 말이야."

침실로 꾸민 쇼룸에 들어간 희영은 널찍한 침대에 걸터앉았다. 침대의 가격을 확인하고 한숨을 내쉰 뒤 침대 옆의 옷장으로 다가가 옷장 문을 열었다. 태환이 희영 옆으로 다가와 말했다.

"옷장 사고 싶어?"

"우리 오늘 이 안에 숨어 있다가 자고 갈까? 이런 데서 하루만 살아 보고 싶어."

매사 진지한 태환의 얼굴이 더욱 심각해졌다.

"경찰서 가고 싶어?"

희영이 천진한 척 눈을 크게 뜨며 말했다.

"경찰서? 뭘로 잡아가는데?"

"영업방해죄?"

희영이 여유롭게 웃으며 말했다.

"밤에는 영업 안 하잖아."

태환은 골똘히 생각하다가 말했다.

"흠, 가택침입죄?"

희영이 뒤를 길게 끌며 말했다.

"여긴 집이 아니잖아아."

"그래도 안 돼."

희영은 장난으로 한 말인데 태환은 표정이 심각했다. 태환은 말없이 앞서 걸었고 희영은 태환의 뒤를 따랐다. 희영도 자신의 제안이 어이가 없어 웃었지만 이곳에 들어선 순간 그동안은 없었던 예쁜 집에서 살고 싶다는 욕심이 생긴 것은 사실이었다. 태환은 다양한 디자인과 가격대의 침대가 늘어서 있는 침대 코너 앞에서 최후통첩이라도 하듯이 말했다.

"어서 골라. 10분 안에."

희영은 엄마를 잃어버린 아이처럼 막막했다. 침대를 고르는 것은 옷이나 식품을 고르는 것과는 확실히 차이가 있었다. 희영이 한숨을 내쉰 뒤 말했다.

"내 침대만 사라니. 둘이 같이 잘 침대를 사러 온 거잖아."

"어차피 같이 잠드는 날도 드물잖아."

태환의 말이 맞았다. 처음에는 같은 방에서 잠들었던 것 같은데 귀가하자마자 쓰러져 잠드는 태환과 새벽 2시까지 글을 쓰는 희영은 자연스럽게 각방을 쓰게 되었다. 희영이 아침 9시쯤 일어나면 태환은 일하러 나간 뒤였으므로 희영은 태환의 매트리스에 누워 아직 남아 있는 태환의 온기를 느껴 보곤 했다. 희영은 이번에는 어떻게든 소셜커머스에서 산 싸구려 매트리스를 집 밖에 내놓고 싶었다. 뒤늦게 아내의 신분을 깨달은 걸까. 희영은 집이 그저 잠을 자는 공간이어서는 안 된다고 생각했다. 고된 노동에 시달린 태환이 밤늦게 들어와 휴식을 취하는 공간 아닌가. 멋진 쇼룸들 앞에서 희영은 새삼 태환에게 미안해졌다.

대학생으로 보이는 커플이 진열된 침대에 누워 다정히 속삭이고 있었다. 태환은 그들을 쳐다보다가 바로 앞에 놓인 싱글 침대에 드러누웠다. 희영도 신발을 벗고 태환의 옆에 누웠다. 태환은 희영이 침대에 누울 수 있도록 팔을 굽혀 손으로 자신의 머리를 받치고 몸을 옆으로 세웠다. 희영도 태환과 마주보며 몸을 옆으로 세워 나란히 침대에 누웠다. 태환이 희영의 귓가에 대고 말했다.

"미안해. 조금만 참아. 돈 벌면 좋은 집으로 옮기고 가구도 좋은 걸로 들여 놓자."

이런 답변을 기대한 건 아니었는데. 좁은 침대에서 떨어질 뻔한 희영이 태환의 손을 잡아 몸을 지탱하며 말했다.

"태환 씨는 침대 말고 뭐 필요한 거 없어?"

"난 없어. 필요한 건 집에 다 있는데 뭐."

희영의 목소리가 조금 높아졌다.

"집에 뭐가 있다고. 우리 집엔 가구라고 할 만한 게 없어."

"다 있어, 다."

태환은 무뚝뚝하게 힘주어 말했다. 마치 질긴 고기를 썰 듯이.

태환은 침대에서 일어나더니 또다시 앞서 걸었다. 희영도 서서히 짜증이 올라왔다. 희영과 태환은 굳은 얼굴로 각기 따로 침대를 둘러봤다. 결국 태환은 부사수로부터 전화를 받은 다음 먼저 돌아가 버렸다. 홀로 남은 희영은 커다란 이케아 매장을 두 번이나 돌았다. 가구와 달리 생활용품을 고르는 건 쉬웠다. 여기까지 와서 산 것이 고작 생활용품이라니. 희영은 카트에 가득 담긴 수건, 머그컵과 같은 물건들을 들여다보다가 모조리 카트 밖으로 내놓았다. 희영은 심호흡을 크게 내뱉은 뒤 한 번 더 매장을 둘러보기로 했다. 폐점 직전, 매장에서 나오는 희영의 손에는 입구에 들어설 때는 생각지도 못한 물건들이 들려 있었다.

늦은 밤, 회식을 마친 후 집에 들어서던 태환은 멈칫하며 뒷걸음질 쳤다.

"뭐야? 잘못 들어온 줄 알았잖아."

거실 천장에 커다란 샹들리에 조명을 달던 희영이 웃으며 말했다.

"조명 샀어. 분위기가 달라졌지?"

태환의 반응은 시큰둥했다. 그는 거실 한쪽에 세워 놓은 플로어스탠드와, 부엌 천장과 자신의 방 천장에 달아 놓은 천장 트랙 조명을 차례로 올려다보며 눈살을 찌푸렸다.

"왜? 마음에 안 들어?"

태환은 퉁명스럽게 말했다.

"너무 밝잖아. 정육점 쇼케이스도 아니고."

태환의 말 때문이었을까. 그 순간 희영의 눈에는 조금 전까지는 잘 보이지 않던 삶의 흔적이 고깃덩어리처럼 크게 보였다. 태환 방 천장에 단 조명은 태환의 낡아 빠진 행거와 누런 벽지를 더욱 선명히 보이게 했다. 제대로 정리하지 못한 행거에 걸린 옷들도 더 지저분해 보이는 것 같았다. 잡지의 카페 인테리어를 흉내 내어 부엌 상부장 앞에 단 조명은 곰팡이가 지워지지 않은 싱크대의 실리콘을 강조할 뿐이었다. 거실에 세워 둔 플로어스탠드 때문에 천장 구석에 거미가 만든 거미줄과, 여기저기 널브러져 있는 잡동사니들도 더욱 두드러졌다. 샹들리에는 합성한 사진처럼 희영의 집과는 조화를 이루지 못했다. 서랍장 대신 플라스틱 바구니 안에 넣어 둔 속옷들은 샹들리에 불빛을 받아 얼룩과 구멍이 더 커 보였다. 희영은 바구니 뚜껑을 덮어 속옷들을 숨기고 먼지떨이를 이용해 천장의 몰딩 부분에 생긴 거미줄을 걷어 냈다. 집을 잃은 거미는 우왕좌왕하며 벽을 기어올랐다.

희영은 내일 다시 조명의 위치를 바꿔 보자고 생각하며 이케아에서 사 온 조명을 모조리 꺼 버렸다. 마음이 편안해지면서 태환의 코 고는 소리가 들려왔다. 매트리스 위에서 그새 잠들어 버린 태환은 옷도 갈아입지 않은 상태였다. 희영은 태환의 옷을 벗기다가 왼손 중지에 난 상처를 발견했다.

"또 다친 거야? 병원은 다녀왔어?"

다행히 살짝 베인 것 같았지만 검붉은 피가 굳어 흉측했다. 희영은 상처를 소독하고 연고를 바른 다음 붕대를 감았다. 희영은 태환의 왼쪽 검지를 들여다봤다. 반년 전의 흉터도 아직 흔적이 선명했다.

반년 전, 희영은 점심시간에 정육점에 들렀다. 태환이 카운터에 없는 것을 확인한 희영은 매장 안으로 들어갔다. 안쪽 작업대에는 커다란 고깃덩어리가 네 개 놓여 있었다. 아무래도 소의 몸통이지 싶었다. 희영은 냉동실 문을 열고 안으로 들어갔다. 희영은 입을 틀어막았다. 소의 몸통이 맞았다. 태환이 소머리 앞에 서 있었다. 희영은 고개를 돌려 다시 소의 몸통을 쳐다봤다. 머리가 잘린 죽은 동물은 그냥 고기였다. 하지만 머리가 옆에 놓인 동물의 몸통은 아니었다. 희영의 눈이 소의 눈과 마주쳤다. 희영은 헛구역질을 하며 냉동실 문을 닫았다. 희영을 따라 나온 태환이 피 묻은 칼을 내려놓으며 말했다.

"연락하고 오지. 놀랐어? 원래 소머리는 안 들여오는데 단골이 구해 달라고 부탁해서."

밝은 조명 아래에서 본 태환의 앞치마에는 피가 잔뜩 묻어 있었다.

희영은 정육점에서 나와 집을 향해 걸었다. 결국 우리는 동물을 죽여 먹고 사는 건가. 태환이 도축을 하는 건 아니었지만 끔찍한 생각에서 벗어날 수 없었다. 그날 희영은 처음으로 자신이 태환의 노동을 통해 먹고산다는 것을 실감했다. 그러고 보니 희영은 그동안 냉동실 안에 무엇이 있는지 궁금해한 적이 없었다. 시시티브이에 비치는 것만으로 자신이 태환의 일에 대해 잘 알고 있다고 생각했다. 희영은 태환이 가끔 손에 들고 오는 쇼케이스에 진열된 고기의 맛에만 관심이 있었을 뿐이었다. 태환이 정육점에서 일하기 전에는 비싸서 맛보기 힘들었던 살치, 안심, 등심과 같은 비싼 고기들 말이다.

이후로 몇 달간 희영은 고기를 입에 대지 못했다. 해체되어 쇼케이스에 진열된 고기는 식욕을 자극했지만 작업대 위에 놓여 있던 해체되기 직전의 소의 몸통은 상상력을 자극했다. 도축장에 들어가지 않으려 버티고 선 소의 육중한 다리부터 소가 죽기 전에 커졌을 동공까지. 그 시간을 버텨 냈을 소의 공포감이 온몸으로 전해졌다. 그래도 희영은 태환에게 정육점을 그만두라는 말은 하지 않았다. 희영은 언제부터인지도 모르게 다시 고기를 입에 넣고 있는 자기 자신을 발견했다.

그날 저녁, 태환은 칼에 손가락을 깊이 베여 응급실에 갔었다. 희영은 전화를 받자마자 병원으로 뛰어갔다. 상처를 열세 바늘 꿰매는 수술을 받은 태환은 다행히 신경은 다치지 않았다며 좋아했다. 하지만 조금만 빗나갔더라면 손가락이 절단되었을 수도 있었다는 의사의 말에 희영은 병실에서 눈물을 쏟아냈다. 태환은 어이없다는 듯이 웃으며 말했다.

"왜 울어? 손가락 잘리면 고기 못 썰까 봐서?"

희영은 손으로 눈물을 닦으며 말했다.

"아니. 태환 씨가 글을 못 쓰게 될까 봐."

손가락이 하나 없다고 해서 글을 못 쓰게 될 리는 없었지만 희영은 울음을 멈출 수 없었다. 한참 동안 그저 희영을 바라보던 태환이 희영에게 티슈를 건네며 말했다.

"정말로 글을 쓰고 싶은 사람이라면 손가락이 없어도 입에 나무젓가락을 물고 키보드를 두드리지 않겠어? 별 걱정을 다 하네."

태환은 다음 날에도 고기를 썰었다. 붕대를 감

은 손가락 위에 면장갑을 끼고 미소 띤 얼굴로 손님을 맞았다. 태환의 상처가 아무는 동안, 그리고 흉터가 자리를 잡아 가는 동안 희영의 소설은 진척을 보이지 않았다. 희영은 도무지 집중을 할 수가 없었다.

희영은 곤히 잠든 태환의 손가락을 어루만지며 생각했다. 내가 태환을 남편으로 인식하게 된 것은 바로 그 즈음이 아니었을까. 그 시기는 흉터처럼 경계가 분명치 않았다. 시작되는 지점과 끝나는 지점을 정확히 말할 수 없었다. 태환이 자신의 욕망을 누르고 아내를 위해 소처럼 살기로 결심한 즈음, 그리고 내가 그런 태환의 노동에 대해 미안함과 안쓰러움을 느끼기 시작한 즈음, 그러니까 남편의 희생이 당연한 것이 아니라고 생각하게 된 즈음이 아닐까.

아침 9시, 희영은 태환의 컴퓨터를 켜고 거실 탁자에 노트북을 올려놓은 다음 커피를 탔다. 한 시간 전에 어제 산 샹들리에를 중고품 매매 카페에 올렸는데 벌써 댓글이 서너 개 달렸다. 희영은 커피를 마시며 태환의 컴퓨터를 쳐다봤다. 태환은 칼을 숫돌에 갈고 있었다. 희영도 손을 깍지 껴 머리 위로 들고 매일 아침 반복하는 스트레칭을 했다.

해가 지고 주변이 어둑해지자 미리 켜 놓은 붉은 조명이 두드러졌다. 손님들이 다시 몰려들기 시작했다. 50대 여자가 태환에게 삿대질을 했다. 그녀가 무언가를 태환에게 집어던졌다. 명함만한 크기의 종이들이 공중으로 날아올랐다. 정육점에서 주는 쿠폰이었다. 저 여자는 상습범이었다. 쿠폰을 열 장 모으면 고기와 바꿔 주는데 시시때때로 찾아와 쿠폰을 받지 못했다고 억지를 부렸다. 희영은 6번 화면을 확대해 여자의 얼굴을 오래도록 노려봤다.

키보드를 두드리다가 고개를 들었는데 태환이 보이지 않았다. 잠시 후 6번 화면에 태환이 등장했다. 5번 화면으로 들어오는 태환의 손에는 검은색 봉지가 들려 있었다. 슈퍼에서 막걸리를 사 온 모양이었다. 태환의 손에는 텀블러가 들려 있었다. 희영은 태환이 매장에서 술을 마시는 것을 사장이 알게 될까 봐 걱정이 되었다.

희영은 저녁을 먹은 다음 다시 컴퓨터 앞으로 다가갔다. 태환도 부사수도 보이지 않았다. 쇼케이스 앞에는 세 명의 손님이 서 있었다. 손님의 수는 금세 여섯 명으로 불어났다. 태환에게 전화를 걸려는 순간 태환이 화면에 등장했다. 손님들은 돌아갔는지 보이지 않았다. 태환은 돼지 다리 앞에 서 있었다. 그는 갈고리에 걸린 돼지 다리를 손으로 잡고 내리려는 것 같았다. 손님이 오자 태환은 다시 자리로 돌아왔다. 태환은 고기를 썰어 손님에게 건넨 후 다시 돼지에게 다가가 갈고리에서 다리를 빼내려 했다. 또다시 손님들이 줄을 서기 시작했다. 태환은 다시 자리로 돌아와 고기를 썰기 시작했다. 희영의 손가락도 키보드 위에서 다시 움직이기 시작했다.

이케아 룸

노랗고 파란 건물 앞에서 기다리는 동안 여기저기서 춥다는 불평이 쏟아져 나왔다. 나는 심장이 쿵쾅거려 추위 따위 느껴지지 않았다. 오빠의 팔을 잡아당기며 기대자 오빠는 철봉처럼 팔을 위로 들어 내 몸의 무게를 지탱해 주었다. 나는 발꿈치를 들어 이 줄이 도대체 어디까지 이어져 있는지 쳐다봤는데 끝나는 지점에서 방향을 틀어 다시 시작되는 몇 번이나 구부러진 줄이었다.

주변에는 온통 커플 천지였다. 아이를 대동한 부부도 많았지만 내 눈에는 유독 커플이 많이 들어왔다. 앞에 선 여자가 고개를 돌려 나와 오빠를 힐끔거렸다. 여자는 40대 주부로 보였는데 나는 보란 듯이 오빠의 코트 속으로 손을 집어넣어 허리에 팔을 둘렀다. 그러다가 아예 캥거루처럼 오빠의 코트 속으로 들어가 버렸다.

우리는 나이 차가 꽤 나는 커플이었다. 처음에는 사람들의 시선이 신경 쓰였지만 지금은 그런 시선을 즐길 수 있게 되었다. 무려 열여덟 살 차였다. 오빠는 며칠 뒤면 마흔한 살이었다. 하지만 내 앞에서는 얼마나 어린애 같은지 다른 사람들은 짐작조차 못할 거다. 오빠는 늘 나를 깜짝 놀래켜 주기 위해 애썼다. 그 바쁜 와중에도 나를 감동시키기 위해 노력했다. 이번 일만 해도 그렇다. 갑자기 오피스텔이라니. 오빠는 이제 3학년이니 취업 준비도 해야 하지 않겠느냐면서 회사 근처에 오피스텔을 얻어 주었다. 나이 많은 남자랑 사귄다고 비아냥대는 친구들은 모를 거다. 자기들이 동갑내기 남자애에게 목도리나 싸구려 목걸이를 받을 때 나는 피트니스 센터 1년 이용권이나 해외여행 혹은 오피스텔을 선물받는다는 것을. 자기들이 겨우 티격태격 사랑놀이를 하고 있을 때 나는 미래에 대한 조언을 듣는다는 것을.

사실 이케아 개점 소식이 뉴스에 나올 때부터 개점일에 반드시 오빠와 함께 가야겠다고 생각했었다. 이케아 가구를 특별히 좋아하는 건 아니었지만 기억에 남을 만한 추억거리를 만들고 싶었다. 나는 추억을 가장 멋지게 박제하는 방법은 멋진 장소를 찾는 것이라고 생각했다. 스물두 살. 그리 오래 산 건 아니지만 내 인생에서 가장 기억에 남는 장소라면 다섯 살 때 부모님이 데려가 주신 월트디즈니랜드, 여덟 살에 같은 아파트 단지에 살던 친구들과 몰려갔던 코엑스 아쿠아리움, 1학년 때 대학 동기들이랑 함께 갔던 프랑스 파리 정도였다. 내 기억은 아무래도 같이 갔던 사람보다는 인상적인 장소에 더 반응하는 것 같았다. 같이 간 사람 때문에 그곳을 기억하는 것이 아니라 멋진 장소와 더불어 함께 갔던 사람을 기억하는 식이었다. 그래서 나는 오빠와 함께 한국 최초의 이케아 매장 광명점의 60여 개의 쇼룸에 모두 들어가 앉아 보리라 작정했다. 그럼 오빠와의 추억의 장소는 60개가 되리라. 수업 시간에 그 생각을 하면 나도 모르게 웃음이 새어 나왔다. 사람들의 눈을 의식하느라 호텔과 차 안에서 주로 데이트를 했기 때문인지도 몰랐다. 게다가 굳이 60개의 쇼룸이 아니어도 이제 곧 우리만의 추억의 장소가 생긴다. 공덕역 근처의 오피스텔 8층. 10평짜리 작은 방이지만 내 인생의 가장 멋진 장소가 되리라. 지금은 텅 비어 있지만 멋진 가구를 채워 넣어 개성 있는 공간으로 꾸밀 생각이었다.

여기저기서 터지는 카메라 셔터음보다 내 심장소리가 더 크게 들렸다. 나는 잡고 있던 오빠의 팔을 놓고 얼굴이 카메라에 찍히지 않도록 털모자를 눈썹 아래로 당겨 썼다. 카메라 셔터가 터지는 순간 나도 모르게 고개를 움츠렸다.

건물 내부로 들어서자마자 우리를 반겨 주는 외국인들이 보였다. 발목까지 오는 기다란 파란색 치마 위에 노란색 앞치마를 두른 금발 여성이 환하게 웃으며 태극기를 흔들었다. 줄지어 서 있는 직원들은 전부가 외국인은 아니었다. 한국인으로 보이는 남녀 직원들도 양 손에 스웨덴과 한국 국기를 들고 고객들을 향해 환영의 메시지를 던졌다. 취재진은 여전히 고객들과 직원들을 향해 카메라를 들이댔다.

나는 걸음을 재촉해 에스컬레이터로 다가갔다.

에스컬레이터에 올라탄 순간 오빠가 내 옆에 붙어 서서 허리에 팔을 둘렀다. 늘 하는 행동인데도 나도 모르게 또다시 고개를 움츠리며 털모자를 눈썹 아래로 눌러 썼다. 이럴 줄 알았으면 야구 모자를 쓰고 오는 건데. 에스컬레이터에서 내리고 나서야 안도의 한숨을 내쉬었다. 기자들이 우리에게 따라붙은 것도 아닌데 파파라치에게 쫓기는 연예인이 된 기분이었다.

쇼룸에 도착하기 전에 스몰란드 간판이 보였다. 슬쩍 안을 들여다보니 아이들을 맡기는 공간인 것 같았다. 엄마 손에 붙들려 안으로 들어가는 아이의 뒷모습이 보였다. 입구에서는 갈색 뿔테 안경을 쓴 직원이 아이 엄마에게 무언가를 설명하고 있었다. 오빠가 귓가에 대고 속삭였다.

"사야 할 가구 목록은 적었어?"

"아니. 그냥 꽂히는 거 사려구."

오빠가 날 선택한 것처럼. 오빠는 나에게 한눈에 반했다. 열여덟 살의 나이차에도 불구하고 우리는 모든 것에서 통했다. 음악, 영화, 여행…… 어떤 분야에서건 대화가 끊이지 않았다. 소울메이트란 이런 게 아닐까. 이제껏 이렇게 많은 것을 공유한 사람은 없었다.

"기본적인 거는 소파, 책상, 침대. 뭐가 더 필요한가? 너무 살림 차리는 분위기는 싫어. 아파트도 아니고 오피스텔이잖아."

오빠는 내가 과소비를 할까 봐 걱정했는지 대답을 듣고 안도한 눈치였다. 오늘 내가 고르는 가구들은 오빠와 공유할 것의 목록을 늘려 줄 것이다. 나는 일단 한 번 둘러본 다음에 가장 기억에 남는 가구를 사야겠다고 생각하며 쇼룸을 둘러봤다. 뭐 눈에는 뭐만 보인다고 내 눈에는 쇼룸들이 전부 나와 오빠를 위한 방으로 보였다.

모든 쇼룸이 사람들로 부대꼈지만 안으로 들어갈수록 조금씩 적응이 되었다. 이케아 쇼룸은 공간 전체가 행복감으로 가득 차 있었다. 어쩜 이렇게 인테리어를 한 건지. 가구가 예쁜 것은 말할 것도 없고 이케아가 만들어 낸 공간들은 다른 가구점과는 어딘가 달라 보였다. 그러니까 그곳에는 '생활'이 보였다.

푹신한 소파에 기대어 놓은 쿠션들은 조금 전까지 누군가 앉아 있었던 것처럼 움푹 들어가 있었다. 소파 뒤에 서 있는 비키니 옷장은 출근하느라 바쁜 누군가가 열었다가 바쁘게 뛰쳐나가느라 채 닫지 못한 것처럼 벌어져 있었다. 거실 티브이장에 놓인 책들은 가지런히 놓여 있기보다는 비스듬히 놓여 있거나 한두 개씩 튀어나와 있었다. 마치 아이가 화장실이 급해 화장실에 갖고 들어갈 책을 급하게 빼내 바로 옆의 책이 덩달아 튀어나온 것처럼 말이다. 주방의 키친타월꽂이에서 늘어뜨려진 종이 타월은 누군가 방금 전에 요리를 마친 듯 예쁘지 않게 뜯겨져 나간 자국이 있었다.

아이들 방은 특히 더 그랬다. 아이 방에 놓인 커다란 주판은 조금 전까지 갖고 놀던 아이가 간식을 먹으러 간 것처럼 주판알이 알알이 흩어져 있었다. 우드옷걸이를 이용해 액자처럼 공중에 걸어 놓은 색색의 풋프린팅은 아이의 발가락 지문이 선명히 찍혀 있었다. 책상에는 방금 전까지 보다 만 유아용 책이 놓여 있었고 벽에 걸어 놓은 그림은 무엇을 표현하고자 하는 건지는 알 수 없지만 그것을 알기 위해 가만히 들여다보게 하는, 진짜 아이가 그린 것이 분명한 그림이었다. 방 한쪽에 아기 침대가 놓인 방의 부부 침대는 아기 때문에 잠을 설친 부부가 미처 정돈하지 못한 것처럼 침구가 들쑥날쑥했다. 아기 침대 위에 달아 놓은 여러 마리의 양 인형이 흔들리는 모빌은 방금 전까지 침대 위에서 눈알을 굴리며 양을 쫓던 아기를 잠시 유모차에 태워 산책나간 것처럼 살랑살랑 흔들렸다.

물론 지금 이 순간도 쇼룸에 들어온 사람들이 자기 방에 들어온 것처럼 앉았다 일어났다 하고 있었다. 하지만 단지 그것 때문은 아닌 듯했다. 이곳은 누군가의 집에 들어가 그들의 삶을 통째로 빌려다가 전시해 놓은 것 같았다. 나는 책장에 놓인 액자를 들여다보며 말했다.

"오빠, 이 사진 좀 봐. 진짜 가족 같지?"

"글쎄."

"봐 봐. 아이가 엄마랑 아빠를 반씩 닮았잖아."

오빠가 고개를 숙여 사진을 좀 더 들여다보더니 말했다.

"아, 그렇네."

거실로 꾸민 쇼룸의 소파에 앉아 있는 사람들은 오래 전부터 그곳에 앉아 있었던 것처럼 자연스러웠다. 나도 다음 쇼룸에 들어가 푹신한 소파에 앉은 다음 오빠의 손을 잡아끌었다.

"내 무릎 베고 누워."

오빠는 잠시 머뭇거리다가 한 무리의 사람들이 다음 쇼룸으로 건너가자마자 내 무릎을 베고 소파에 길게 누웠다. 나는 소파 바로 앞에 있는 사각 탁자에 놓인 접시를 들며 말했다.

"여보, 과일 좀 드세요."

물론 접시에는 과일도, 포크도 없었지만 내 눈에는 작은 포크에 꽂힌 사과가 선명히 보였고 입을 벌리고 씹는 시늉을 하는 것을 보면 오빠 눈에도 보이는 것 같았다. 금세 사람들의 시선이 느껴져 우리는 다음 쇼룸으로 이동했다.

오래지 않아 나는 마음에 드는 침실을 발견했다. 벽은 은은한 녹색이었지만 침구와 조명, 커튼까지 전체적으로 화이트로 통일된 침실이었다. 특히 침대 위로 드리워진 흰색 레이스커튼은 정말로 마음에 들었다. 아마도 이 방의 콘셉트는 '순결한 신혼부부의 침실'인 것 같았다. 부부 침실 옆에 수직으로 놓인 아기 침대마저도 앙증맞았다. 나는 침대에 누워 오빠에게 이리 오라고 손짓했다. 오빠는 창피하다고 하면서도 순순히 내 곁에 누웠다. 우리는 이불을 머리 위로 뒤집어쓰고 그야말로 '진상 짓'을 하면서도 웃음을 멈출 수 없었다.

"내가 이 나이에 뭐하는 짓이냐."

오빠는 이불 속에서 한참을 킥킥대다가 말했다.

"빨리 나가자. 나가자마자 잽싸게 100미터쯤 도망가는 거야."

우리는 살짝 이불을 들추고 주변을 살폈다. 주변에 사람이 별로 없다는 것을 확인한 후 자리에서 일어났는데 얼굴이 하얗게 질린 오빠가 누군가를 쳐다보고 있었다. 노란색 줄무늬 티셔츠를 입은 여자는 이케아 직원이었다. 오빠는 로봇처럼 발딱 일어나더니 고개는 여자 쪽으로 돌리고 손으로는 침구를 정리하며 말했다.

"너 여기 웬일이야?"

여자는 웃으며 말했다.

"저 여기서 일해요."

"그래? 언제부터? 아, 오늘이 개점일이니까 오늘부터겠네."

여자는 아무 말 없이 웃을 뿐이었다. 오빠가 나를 손가락으로 가리키며 말했다.

"이 친구는 우리 회사 막내 사원. 현장 조사 나왔어."

가구 회사도 아니면서 현장 조사는.

"내가 홍보팀이잖아. 이케아가 워낙 글로벌 기업이니까 개점일에 어떻게 홍보를 하는지 봐야 할 것 같아서……."

여자는 웃고 있었지만 의심이 가셨는지 아닌지는 알 도리가 없었다. 여자가 나를 비웃는 것 같아 나는 시선을 내려 침대 옆 바닥에 깔린 회색 러그를 쳐다봤다. 여자는 웃으며 말했다.

"언제 언니랑도 같이 오세요. 병주랑 민아 데려오면 좋을 텐데. 스몰란드 한 시간 무료예요."

그 말에 오빠는 더 크게 당황하며 큰 소리로 말했다.

"스몰란드에서 일해?"

"아뇨. 전 판매직이에요. 지금은 식사하고 잠시 쉬는 중이에요. 제 친구가 스몰란드에 있거든요."

"아…… 그래. 널 여기서 보게 될 줄이야. 너 취업 준비 중이라는 소리는 들었는데……."

그렇게 말을 길게 늘어놓을수록 의심이 커질 뿐이라고 눈짓으로 말했지만 오빠는 당황해서 아무것도 눈에 들어오지 않는 것 같았다. 그러고 보니 오늘 오빠는 양복 차림이었다. 월차를 냈는데 왜 양복을 입고 온 걸까.

병주와 민아. 그에게 아이가 있다는 것은 알았지만 아이들 이름은 처음 들었다. 나는 한 번도 '그것'에 대해 구체적으로 물어본 적이 없었다.

나는 다시 오빠의 손을 잡아끌고 이케아 쇼룸을 둘러보았다. 아무렇지 않은 듯이, 아무런 일도 일어나지 않았다는 듯이. 그 직원은 어디론가 사라졌고 이렇게 붐비는 매장에서 다시 만날 일은 없을 것이었다. 그런데 이상하게도 이후로 매장에서 본 쇼룸들은 잘 기억이 나지 않았다. 무려 60여 개의 쇼룸을 하나도 남김없이 훑어보고 마음에 드는 가구를 추려 목록을 만들었는데도 머릿속에 우리의 이케아 룸을 그릴 수 없었다. 도무지 집중을 할 수가 없었다. 머릿속에 벌이 들어간 것처럼 어지러웠다. 매장을 도는 나를 두 아이가 집요하게 따라다녔다. 엄마, 라고 부르며 까르르 웃고 인형을 하나씩 집어 들며 사 달라고 조르고, 카트에 올라타 노래를 부르고, 실수로 넘어져 울음을 터뜨리는 아이들은 모두 다른 옷을 입고 있었지만 자꾸만 같은 아이들로 보였다.

그에게 아내가 있다는 것, 아이가 있다는 것은 그냥 하나로 뭉뚱그린 '그것'일 뿐이었다. 그들은 한 번도 내게 실제로 존재하는 사람들이 아니었다. 이케아 매장에 들어오기 전까지는.

아이 방으로 꾸민 쇼룸에 들어가자 바닥에 누워 사내아이를 비행기 태우는 오빠가 보였다. 분홍색 침대에서 여자아이에게 동화책을 읽어 주는 오빠가 보였다. 부부 침실에서는 타성에 젖은 섹스를 나누는 오빠와 그의 아내가 보였다. 가끔씩 오빠의 페이스북을 통해 엿보게 되는 그의 아내. 예쁜 집에서 천연 비누와 케이크를 만들고 플로리스트가 되길 꿈꾸는 그의 아내가. 내가 그와 호텔방에서 뒹굴고 있을 때 거실 소파에 앉아 졸며 남편을 기다리는 그의 아내가.

"회사야. 잠깐 보고 있어. 전화 좀 하고 올게."

오빠는 스마트폰을 들고 인적이 드문 쪽으로 걸어갔다. 누구랑 통화하는 걸까? 표정을 봐서는 회사에서 걸려 온 전화 같지 않았다.

지난해 여름방학 동안 교수님의 추천으로 학과 동기 서너 명과 함께 기업체에서 단기 아르바이트를 했다. 복사와 커피 심부름을 포함한 사무직이었다. 그래도 다른 아르바이트보다는 몸이 편한 로또 아르바이트였으므로 즐겁게 다녔다. 같이 아르바이트를 한 친구들은 하나같이 그 기업에 입사하고 싶다고 했다. 직원들에게 잘 보이려 애쓰고 예정에 없는 야근도 자처했다. 하지만 나는 애초에 나에게 맞지 않는 옷이라고 생각하니 남들을 관찰하는 여유를 가질 수 있었다. 나는 평생 빡센 직장 생활 같은 건 하지 않을 생각이었다. 다른 아르바이트생들은 무려 부장님이라는 그와 눈도 제대로 맞추지 못했지만 나는 처음부터 그가 사랑스러웠다. 대기업 부장님이라는 종족은 어떤 사람일까 하는 호기심으로 그의 눈을 들여다보곤 했다.

오빠와의 연애는 그곳에 다닌 지 2주일이 되어 시작되었다. 단기 알바였으므로 밀당을 할 시간도 없었다. 우리는 쉽고 빠르게 서로에게 빠져들었다. 한 번도 그가 유부남일 거라고 생각해 보지 않았다. 나보다 나이가 열여덟 살이나 많았지만 그와 결혼을 도무지 연결할 수 없었다. 근육질 몸매와 젊은 패션 감각 때문만은 아니었다. 그가 내게 반했다는 것을 온몸으로 말하고 있었기 때문이다. 그래서 두 달간의 단기 아르바이트가 끝나 갈 무렵, 같은 사무실의 남자 사원으로부터 그가 유부남이라는 말을 들었을 때 마치 남의 얘기하듯 말할 수 있었다. 부장님이 유부남이라고요? 아, 그렇구나. 남의 말 하듯이 한 것은 오빠도 마찬가지였다. 물어본 적 없잖아. 그리고 결혼 안 했다고 한 적은 없어. 그의 팔뚝을 세게 꼬집는 것으로 분노를 드러내자 그는 그제야 눈초리를 누그러뜨리며 말했다. 알고 있는 줄 알았어. 오빠는 딱 한 번 짧게 변명했다. 아내와는 각방을 쓰고 있으며 아이들이 중학교에 갈 때까지만 부부 관계를 유지하기로 했다고. 그러면서도 이혼은 말처럼 쉬운 일이 아니라고 했다.

물론 괘씸해서 죽을 지경이었다. 하지만 제어 장치가 오작동하는 급발진 자동차처럼 질주를 멈출 수 없었다. 자동차가 매장으로 돌진해 쇼윈도를 박살낸다 해도 내가 할 수 있는 건 매장 안에 사람이 없기를 바라는 것 외엔 없었다.

이별 따위는 없었다. 그 말이 마치 "내 전공이 경영학인 거 알고 있는 줄 알았어." 정도의 말인 양 우리는 변함없이 만났다. 변한 것이 있다면 그의 지갑이 좀 더 쉽게 열렸다는 것 정도였다. 그와 헤어지기에는 호텔 조식에 너무 익숙해져 버렸다. 호텔 침대에서 커튼 사이로 새어 들어온 햇살에 의해 깨어나는 것, 호텔 침대 위에서 리포트를 쓰는 것. 그런 생활이 사라진다면 서운할 것 같았다. 물론 그를 만나는 이유는 그 외에도 많았다. 하지만 시시콜콜히 설명해야 할 의무는 누구에게도 없다. 나는 한 번 만나 본 적도 없는 그의 아내 때문에 죄책감을 느낄 정도로 착하지 않을 뿐이다. 상간녀? 섹파? 스폰? 그런 건 아무래도 상관없었다. 어떤 이름을 갖다 붙인다 해도 애정 없는 남편을 붙들고 있는 그의 아내보다는 떳떳했다.

"나중에 고르고 일단 식사부터 하자."

나는 오빠에게 이끌려 레스토랑으로 들어갔다. 오빠가 내 손을 말없이 쥐었다가 슬그머니 다시 놓았다. 우리는 다른 사람들처럼 쟁반을 카트에 얹어 앞으로 밀며 줄을 섰다. 허기가 지는데도 특별히 먹고 싶은 음식이 없었다. 하지만 방금 전의 일을 잊기 위해서라도 뭔가를 먹고 힘을 내고 싶었다. 나는 어린아이처럼 이것저것을 손가락으로 가리켰다. 오빠는 식욕이 없다며 롤케이크 한 조각만 먹겠다고 했다. 나는 두 조각의 롤케이크, 달달해 보이는 연두색, 핑크색 마카롱을 한 조각씩 담고 커피를 받은 뒤 깊숙이 안으로 들어가 마음에 드는 자리에 앉았다. 해가 밝게 드는 창가 자리였다. 주변에는 온통 커플 천지였다.

오빠랑 하는 것 중 내가 가장 좋아하는 것이었다. 해가 드는 곳에서 함께 식사하는 것. 그러고 보니 이렇게 밝은 곳에서 무언가를 함께 먹어 본 것은 두 달 전에 홍콩 여행 갔을 때 이후로 처음이었다. 달콤한 것이 들어가니 몸이 나른해지면서 기분이 좋아졌다. 마카롱을 다 먹고 커피가 반쯤 남았을 때 물었다.

"아까 그 여자 누구야?"

"아, 옛날에 다니던 교회에서 알던 애."

"오빠가 교회를 다 다녔어?"

"와이프랑 같이 가끔……."

그는 말을 하다가 멈췄다. 멋쩍은 듯이 웃다가 능숙하게 화제를 바꾸었다. 나는 순간적으로 손이 흔들려서 커피를 레깅스 위로 흘렸다. 오빠가 주머니에서 손수건을 꺼내 찍어 눌렀지만 얼룩은 더 커졌을 뿐이었다.

"왜 흰색을 입었어? 검은색 입지."

나는 오빠의 손수건을 건네받아 물을 묻힌 다음 얼룩 위로 몇 번 더 문질렀다. 손수건 가장자리에는 YH라는 글자가 수 놓여 있었다. 윤하. 오빠 아내의 이름은 서윤하였다.

식사를 마치고 나오는데 오빠가 갑자기 코트 깃을 세워 얼굴을 가리고 몸을 낮췄다.

"왜 그래?"

오빠는 아무 말 안 했지만 스몰란드 출구가 눈앞에 보였다. 그 앞에는 노란색 티셔츠를 입은 여직원 두 명이 서 있었다. 아까 그 여자의 친구가 이곳에서 일한다고 해서 지레 놀란 것이다. 오빠는 흐흠, 헛기침을 하더니 스마트폰을 들여다보는 척했다.

아까 고르다 만 소파를 다시 보러 갔다. 줄줄이 늘어선 소파들을 구경하다가 갑자기 다리에 힘이 풀려 노란색 소파에 걸터앉았다. 소파 바로 위에는 90,000원이라고 크게 적힌 천이 드리워져 있었다.

"오빠, 이 소파 예쁘지?"

그가 웃으며 말했다.

"꼭 너 같다."

나는 자리에서 벌떡 일어나 앞서 걸었다.

"왜 그래? 화났어?"

"왜 나 같다는 거야?"

"네가 말했잖아. 예쁘다고."

싸구려라서가 아니고? 크노파르프 소파는 매장에서 가장 값싼 소파였다. 잠시 머무를 곳에 비싼 소파를 들여 놓을 이유가 없었다. 크노파르프 소파는 언제 계약 해지할지 모를 10평짜리 월세 오피스텔에 들어갈 소파로 더없이 적합한 소파였지만 나는 다른 소파를 손가락으로 가리켰다.

"이걸로 할래."

공중에 뜬 것처럼 진열된 녹색 클리판 소파였다. 국민 소파라고 불릴 정도로 전세계에서 많이 팔렸다는 이케아 클리판 소파는 가격에 비해 쓸 만해 보였다.

"너는 녹색보다는 노란색이나 빨간색이 어울리는데."

오빠가 그렇게 중얼거려 결국 빨간색 클리판 소파로 결정했다. 크노파르프 소파와는 고작 109,000원 차이였다. 가장 싼 소파가 아니라 두 번째로 싼 소파라는 사실이 별다른 위로가 되지는 않았다. 오히려 불쾌한 기분이 들어 나는 빨간색 클리판 소파에 주저앉아 부어오른 종아리를 주물렀다. 오빠는 나와 눈이 마주치면 억지로 웃었지만 대체로 넋이 나간 듯 얼굴이 무표정했다. 부아가 치밀어 올랐지만 나는 입을 다문 채로 아까 제대로 보지 못한 쇼룸을 둘러봤다. 여전히 마음에 쏙 드는 쇼룸이 보이지 않았다.

"고르기 힘들면 그냥 방 하나를 통째로 주문하는 건 어때?"

다 해도 907,400원이라고 적힌 쇼룸 앞에서 오빠는 농담처럼 말했다. 쇼룸에 디스플레이된 것을 통째로 산다고 해도 엄청난 금액은 아니었지만 기분이 나쁘진 않았다. 어쨌든 그는 내 마음을 사기 위해 애쓰고 있었다. 애써 입꼬리를 올려 웃어 보았다. 여기까지 와서 공연히 기분을 망치고 싶진 않았다. 나는 홈퍼니싱 제품들을 빠짐없이 둘러보고 구입할 물건들의 제품번호를 적었다.

나는 입꼬리를 올린 채로 무빙워크에 올라탔다. 무빙워크를 타고 내려가면 셀프 서브 구역이었다. 층층이 쌓인 가구와 소품들이 보였다. 갑자기 우울감이 밀려들었다. 오빠가 귓가에 대고 속삭였다.

"오늘 오피스텔에서 자고 갈래?"

호텔도 아니고 오피스텔에서? 가구도 없는 텅 빈 방에서 어떻게 자자는 건지. 갑자기 화가 치밀어 올라 쌩하니 혼자서 무빙워크를 내려와 버렸다.

소희야! 오빠가 부르는 소리가 들렸지만 나는 앞만 보고 뛰다시피 걸었다.

계산을 하기 위해 줄을 섰다. 오빠는 말없이 옆에 서 있었다. 나는 제품번호를 적은 종이를 오빠에게 건넸다.

"뭐가 이렇게 많아?"

오빠는 그렇게 말하면서도 미소 띤 얼굴로 픽업 서비스를 신청하고 현금으로 결제했다. 다른 연인들처럼 창고를 뒤져 제품을 픽업하고 싶었던 나는 김이 빠졌다. 그나마 하트 모양의 인형과 소품 몇 개를 손에 들고 오길 잘했다 싶었다.

오빠는 늘 현금을 뽑아서 지갑에 넣고 다녔다. 호텔 숙박료는 물론이고 나와의 데이트에서 쓰는 비용은 반드시 현금으로 결제했다. 자영업자들 힘든데 현금으로 주면 좋잖아. 오빠는 늘 속이 빤히 들여다보이는 거짓말을 했지만 세계적인 거부라는 잉바르 캄프라드 사정까지 오빠가 걱정해 줄 필요는 없어 보였다.

간단히 조립할 수 있는 건 오빠 차에 싣고 오피스텔로 가져갈 수도 있었지만 오빠는 잠시도 기다리기 싫어했다. 결국 작은 소품 몇 개만 차에 싣고 가구는 돈을 지불하고 배송 서비스를 받기로 했다. 조립 서비스까지 신청했지만 직원은 아직 조립 서비스는 제공되지 않는다고 했다. 오빠는 대행업체가 있을 테니 사람을 불러 조립을 부탁하라고 했다. 왠지 서운했다. 사람들이 돈을 주고도 산다는 이케아에서 파는 '불편'을 나도 조금은 체험해 보고 싶었다.

가구가 배송되는 날 나는 오피스텔에서 택배 기사를 기다렸다. 오빠는 중국 출장을 떠난 상태였다. 이케아에 다녀온 이후로 오빠를 한 번도 보지 못했다. 말도 없이 출장을 떠난 상태여서 신경이 곤두서 있었다. 추측일 뿐이지만 아내가 낌새를 채서 연락을 못하는 것일 수도 있었다. 오빠는 아이를 달래는 것처럼 내 통장에 한 달치 용돈과 다음 학기 등록금을 입금해 놓았다. 당연하다는 듯이 지난 학기 등록금도 받았으면서 나는 모욕이라도 당한 것처럼 부들부들했다.

오빠로부터 예정된 시간보다 귀국이 늦어진다는 문자를 받은 뒤 나는 아래로 내려갔다. 1층 편의점에서 맥주를 사서 편의점 앞 파라솔 의자에 앉아 한 모금 마셨다. 그때 미니스커트 차림으로 주변을 살피며 오피스텔 입구로 들어가는 다섯 명의 여자가 보였다. 한눈에 뭐 하는 여자들인지 알 것 같았다. 나는 다 마신 맥주 캔을 발로 한 번 밟은 다음 쓰레기통에 던져 넣었다.

건물 안으로 들어가니 엘리베이터 앞에 그 여자들이 서 있었다. 좁은 엘리베이터 안에서 우리는 다닥다닥 붙어 섰다. 여자들의 몸에서 나는 향수 냄새가 뒤섞여 구역질이 날 정도로 지독했다. 내 또래로 보이는 여자들은 5층에서 내렸다. 나는 다시 1층에 내려와 있었다. 버튼을 누르지 않은 모양이었다.

나는 다시 8층 방으로 올라가 택배 기사를 기다렸다. 두 명의 택배 기사가 가구가 담긴 상자를 날라다주었다. 나는 잠시 박스들 사이에 멍하니 앉았다가 다시 일어났다. 오빠는 대행업체에 조립을 맡기라고 했지만 나는 한 개라도 직접 해 보기로 했다. 이 방에 가구가 들어선 모습을 조금이라도 빨리 보고 싶었다.

책상은 생각보다 힘들지 않았다. 나사를 조이는 게 조금 힘들었지만 조립을 마치고 나니 스스로가 기특할 정도로 기분이 좋았다. 클리판 소파는 중간에 포기할까 생각했을 정도로 힘들었다. 두 명이 함께 조립해야 하는 제품이라서 끙끙대며 겨우 조립을 마쳤다. 나는 무려 네 시간 동안 모든 가구를 조립했다. 이마에 흐르는 땀을 닦으며 배치도를 머릿속에 그렸다. 나는 기지개를 한 번 켠 후 가구를 배치했다.

창가에는 침대, 침대와 기역 자로 긴 책상, 책상 건너편으로 클리판 소파, 소파 앞에는 라크 보조테이블을 놓은 다음 전신 거울을 비롯한 다양한 소품을 적당한 자리에 배치했다. 창문에 암막 커튼을, 천장에 펜던트를 달고 나니 우리가 매일 다니던 호텔방과 크게 다를 바가 없었다. 호텔과의 차별화를 위해 유리 화병에 보라색 조화를 꽂아 책상 위에 놓았다. 멀찍이 떨어져서 봤다가 조화를 책상 서랍 속에 집어넣었다. 조화가 주변 환경과 전혀 조화를 이루지 못하는 것 같았다. 그 외에 내키는 대로 집어온 랜턴과 양초, 동물 인형들, 액자, 수납함과 같은 온갖 소품들을 여기저기 배치해 봤지만 매장에서 볼 때와는 다르게 어딘가 조잡하고 유치해 보였다. 침대 옆에 놓은 민트색 카트는 상큼했지만 무엇을 담아야 할지 알 수 없었다. 나는 소품들을 깡그리 비닐봉지에 담아 라크 보조테이블 밑에 내려놓았다. 나는 우울감을 가라앉히기 위해 전기포트에 물을 올리고 믹스커피 봉지를 뜯어 머그컵에 담았다.

오빠는 내가 오피스텔로 아예 옮겨 오길 바랐지만 완고한 부모님 때문에 대학에 다니는 동안 독립을 할 수는 없었다. 언제고 들이닥치실 것이고 딸이 함께 사는 남자가 열여덟 살이나 나이가 많은 유부남이라는 것을 알면 기절하실지도 몰랐다. 나는 일주일에 한두 번 친구네 집에서 잔다는 핑계를 대며 이 오피스텔로 달려올 것이다. 우리에게 필요한 가구는 많지 않았다. 오피스텔에 들어와 잠시 몸을 녹일 2인용 소파, 내가 리포트를 쓸 혹은 오빠가 회사 일을 처리할 책상, 그리고 침대가 필요하겠지. 가스레인지도 필요 없었다. 배달 음식을 데울 전자레인지와 인스턴트커피를 만들 전기포트, 음료와 맥주를 넣을 미니 냉장고면 충분했다. 과연 이 오피스텔에 더 이상 필요한 것이 있을까.

오빠는 아무에게도 이곳 주소를 알려 주지 말라고 했다. 일주일에 한 번 도우미를 불러 오피스텔 청소를 하라고 했다. 이 방은 섹스만으로 채워질 것이다. 아침에 함께 일어나 원두커피를 내려 마시고, 함께 요리를 만들어 먹은 다음 설거지를 하고, 일주일에 한 번 변기솔을 들고 변기를 닦는 생활은 존재하지 않을 것이었다. 오빠가 자기 회사에서 걸어서도 올 수 있는 곳에 오피스텔을 마련한 이유는 길에서 데이트하는 위험을 떠안지 않기 위해서일 것이다. 애초에 생활을 함께 할 마음도 없이 오피스텔을 구했다는 소식에 들뜬 나는 바보 천치일까.

나는 오빠가 직접 고른 암막 커튼이 쳐진 창문 옆에 서서 커튼 사이로 지나가는 차가 내뿜는 불빛을 내려다봤다. 그러다가 후다닥 암막 커튼 뒤로 몸을 숨겼다. 잠시 후 눈만 빠끔히 내놓은 채로 다시 아래를 내려다봤다. 다섯 시간 전에도 저 아래에 서 있던 사람이 고개를 들고 오피스텔을 올려다보고 있었는데 마치 나를 쳐다보는 것 같았다. 그나저나 지하도 아닌데 공기가 습한 이유는 뭘까. 나는 스마트폰으로 제습기를 검색하다 내려놓았다.

얼마나 앉아 있었는지 모르겠다. 나는 빨간색 클리판 소파 위에 한참동안 앉아 있었다. 몸에 착 달라붙는 블랙 미니 드레스는 빨간 소파 위에서 진가를 발휘했다. 이케아 전신 거울에 비친 나는 아름다웠다. 나는 소파에서 일어나 짐을 챙겨 문을 잠근 다음 엘리베이터를 타고 아래로 내려갔다. 나는 오피스텔 열쇠를 우편함에 던져 넣은 뒤 황망히 건물 밖으로 빠져나왔다. 그 많은 가구와 소품 중에서 나 하나쯤 빠진다고 해서 오빠가 알아채지는 못할 것이었다.

계약 동거

3년 만의 드라이브였다. 영순은 죽을 때까지 웬만하면 차는 타지 않을 생각이었다. 1년이나 지속된 남편의 병간호를 하러 아들의 차에 올라탈 때면 차 안에 무거운 공기가 가득했다. 냄새 때문이었을 것이다. 병실에 들어설 때마다 온몸에 들러붙는 죽음의 냄새. 병실을 오가는 사람들이 올라타는 차라서인지 차 안에서도 그 냄새가 났다. 한때 살을 비비고 살던 사람이 죽어 가는데 영순은 야속하게도 어서 저 냄새를 맡지 않게 해 달라고 빌었다. 병원까지 달리는 차 안에서 사업을 한답시고 대출금에 시달리고 있던 아들은 아버지의 병환 따위 제 알 바 아니라는 듯 푸념을 하곤 했다. 이럴 줄 알았으면 자기를 쫓아다니던 주유소집 딸이랑 결혼했다는 둥, 엄마 아빠는 왜 그 흔한 땅 한 뙈기 사 두지 않았느냐는 둥 해도 그만 안 해도 그만인 소리였다. 말만 그렇지 아직도 제 처 앞에서는 함박웃음이 피었다.

김 박사의 차는 가볍지도 무겁지도 않은 향으로 가득했다. 김 박사의 로션 냄새와 자연의 냄새가 적절히 섞인 것 같았다. 그리고 그의 체취가 섞였으리라. 나이를 먹으면 자신의 얼굴에 책임을 져야 한다고 하지만 영순은 자신의 냄새에 책임을 져야 한다고 생각하는 쪽이었다. 김 박사의 냄새는 영순의 예민한 후각을 자극하고도 남았다. 냄새는 중요한 인테리어 소품 중 하나다. 김 박사의 집은 어떤 냄새로 꾸며져 있을까. 영순은 깊게 냄새를 들이마시며 창밖을 내다보았다.

김 박사는 이제 곧 칠순이라는 것을 믿기 힘들 정도로 운전에 능숙했다. 송파에서 여기까지 오는 동안 흔들림이 거의 없었다. 차 안에서 영순은 그와 별다른 대화를 하지 않았다. 김 박사는 과묵하다는 점에서 영순의 남편과 닮았다. 젊었을 때는 지나친 과묵함을 견디기 힘들었지만 지금은 아니었다. 영순은 침묵이 서너 달 이어지더라도 즐거운 드라이브를 할 자신이 있었다.

"내가 한 제안은 생각해 봤어요?"

영순이 고개를 들어 김 박사를 쳐다봤다. 우수에 젖은 눈빛만큼은 젊은 시절 좋아했던 알랭 들롱을 닮았다. 어쩌자고 이 사람은 이 나이에 저런 눈빛을 내는 걸까.

"그게 아직……."

머뭇거리는 사이 길고 긴 자동차들의 행렬에 둘러싸이게 되었다. 앞으로 뒤로 옆으로 온통 자동차였다. 핸드폰 액정 화면에 '아들'이라는 글자가 떠올랐다. 영순은 뒤를 한 번 돌아 본 뒤 영상통화를 받았다. 엄마 어디야? 차 안인 것 같은데? 지금 금숙이 이모랑 밥 먹으러 나왔어. 나중에 전화할게. 영순은 전화를 끊은 뒤 김 박사를 쳐다보며 한 번 웃었다.

"요즘 부쩍 전화를 자주 하네요. 치매라도 걸릴까 봐 걱정되나 봐요."

김 박사는 웃으며 말했다.

"효자네요."

올해 서른아홉인 아들은 제 아버지를 닮아서 이목구비가 뚜렷하고 피부가 고왔다. 그 아이도 살았더라면 제 오빠를 닮았겠지. 영순은 남편이 죽은 이후로 아들에게서 그 아이의 모습을 그려 보는 일이 잦았다. 갑자기 아들이 전화를 자주 하는 이유는 효도와는 상관없을 테지만 김 박사에게 그런 이야기를 하고 싶진 않았다.

영순이 상고에 다닐 때 다녔던 공장처럼 생긴 낮은 건물이 눈앞에 보였다. 거대한 장난감처럼 생긴 길쭉한 건물은 물론 그 공장처럼 구질구질하진 않았다. 방금 페인트칠을 한 것처럼 선명한 파란 빛이었다. 영순은 자신이 타고 있는 차 뒤로 줄줄이 늘어선 차의 행렬을 돌아보며 말했다.

"대체 이케아가 뭐길래 이렇게 줄을 섰대요?"

"그러게 말입니다."

김 박사는 그저 허허 웃을 뿐이었다. 영순은 이렇게 정체되어 있는데 주차를 할 수나 있을지 의문이 들었다. 거북이처럼 움직이던 차가 다시 움직이기 시작하자 김 박사가 말했다.

"이케아가 우리나라에는 이제야 들어왔지만 세

계적으로 꽤 유명하거든요. 전 세계 42개국에 매장이 345개나 있답니다."

영순은 보조석에 놓여 있던 이케아 카탈로그를 펼쳐보며 생각했다. 40여 년 전 나는 어떻게 가구를 해 왔던가. 가난해서 제대로 구색을 맞추지 못했다. 시어머니의 모진 말 때문에 마음고생을 했지만 너무 오래된 이야기라 자세한 이야기는 기억도 나지 않았다. 오래된 가구만큼이나 오래갈 줄 알았던 기억이었는데. 집에는 아직도 시집올 때 해 온 장롱이 남아 있었다. 기억이란 오래된 가구만큼이나 케케묵은 것이다. 김 박사는 결혼할 때 어떤 가구를 집에 들였을까. 젊었을 때 무역회사에서 일했다는 그는 외국을 자주 드나든 만큼 카탈로그에 나온 이케아 가구만큼이나 이국적이고 세련된 가구를 들였을 것이다.

이틀 전 학생들이 다 빠져나간 강의실에서 김 박사는 영순에게 이케아 카탈로그를 내밀었다. 학생이 이걸 강의실에 두고 갔다면서 한국에 이케아가 들어왔다는데 함께 가 보지 않겠느냐고 했다. 자기는 혼자라도 가 볼 생각이라고 했다. 영순은 청혼이라도 받은 것처럼 얼굴이 달아올랐다. 지난 주일에 방문한 교회에서 결혼을 앞둔 청년들이 이케아에서 신혼 가구를 장만할 거라고 했기 때문이다. 그래도 생애 마지막 데이트일지도 모른다는 생각에 영순은 옷장을 뒤져 가장 좋은 옷을 입고 나왔다. 연보라빛 투피스. 지난해 백화점에서 사 놓고는 한 번도 입지 않은 옷이었다. 그래도 칙칙한 회색 원피스보다는 낫겠다 싶어서 입고 나왔는데 김 박사의 차를 기다리면서 몇 번이나 다른 옷으로 갈아입고 올까 고민했다. 안목 있는 며느리가 사다 준 버건디색 벙거지마저 주책없어 보일까 걱정이었다.

"한 떨기 라벤더꽃 같소이다."

김 박사의 칭찬 한마디로 걱정 따위 사그라졌지만 새벽 2시까지 모델마냥 이 옷 저 옷을 입고 벗으며 무슨 옷을 입을까 고민하느라 잠도 제대로 못 잤다는 사실을 알면 김 박사는 뭐라고 할까. 영순은 헛웃음이 났다.

주차장까지 진입하는 데만 40분이 걸렸다. 주차장을 뺑뺑 돌다가 겨우 주차를 마쳤다. 하지만 영순은 범퍼카를 탄 어린이가 된 것처럼 그 상황마저 재미있었다.

줄은 주차장에서부터 시작되고 있었다. 전쟁 통

에 피난 가는 것처럼 줄줄이 늘어선 사람들은 대부분 싱그러운 풀 내음을 풍기는 젊은이들이었다. 얼마나 좋은 시절인가. 영순과 반대 방향으로 오른쪽 통로에 줄을 선 여대생은 숫제 애인의 코트 속에 들어가 있었는데 창피하지도 않은 모양이었다. 그런 젊음이 경박하게 느껴지지 않았다. 영순은 처음 남편과 손을 잡았던 날이 떠올랐다. 장갑을 끼고 있었는데도 그의 온기와 떨림이 영순의 손가락 마디마디마다 온전히 전해졌다.

"오길 잘했어요. 왠지 재밌을 거 같아요."

김 박사는 소리 없이 웃기만 했다. 그의 얼굴을 몇 배는 멋져 보이게 하는 백만 불짜리 미소였다. 영순은 말없이 김 박사의 얼굴을 훔쳐보았다. 젊었을 때는 어떤 모습이었을까. 그는 젊었을 때 별로 인기가 없었다고 했다. 커다란 매부리코가 다소 사나운 인상을 주었을 것이다. 애교가 있는 편도 아니어서 여자들이 줄을 설 정도는 아니었을 것이다. 그래도 안목이 있는 여자는 이 남자의 진가를 알아보았겠지. 그리고 일흔 살을 며칠 앞두고 있는 지금 이토록 너그럽고 푸근한 얼굴을 갖게 되었을 것이다. 영순은 멋대로 그의 얼굴에 숨은 이력을 그려 보았다.

한참을 기다린 끝에 사람들에게 밀려 안으로 들어갈 때 김 박사가 팔짱을 끼라는 듯이 팔을 구부려 영순에게 내밀었다. 영순은 에라 모르겠다 하는 심정으로 팔짱을 꼈다. 그렇게 하지 않으면 젊은이들의 걸음을 따라가지 못할 것 같았다.

영순은 등을 곧게 펴고 발목에 힘을 주며 정신을 다잡았는데도 정신이 없었다. 외국 사람들은 뭐든 시끌벅적한 것을 좋아하는가 보았다. 드디어 입구로 들어가 에스컬레이터를 타고 올라가는데 위쪽에서 노란색 옷을 입은 외국인 직원들이 환호성을 지르며 입장하는 사람들을 향해 깃발을 흔들어 댔다. 그들은 위로 올라간 김 박사와 영순의 손에 노란색 쇼핑백을 들려 주었다. 많이 많이 사라는 뜻인 것 같았다.

뭐가 이리 알록달록한지. 당장 들어가 살아도 좋을 것 같은 방들이 비눗방울처럼 끊임없이 쏟아져 나왔다.

"아이고, 정신이 없네요."

김 박사도 고개를 끄덕이며 주변을 둘러보았다. 영순은 김 박사와 함께 방으로, 다음 방으로 넘어갔다. 절로 입이 벌어졌다. 집인지 파티장인지 구분이 안 가는 방이 수두룩했다. 영순은 이렇게 정신없는 방에서 살면 좀 이상하지 않을까 생각했지만 매일 파티 하는 기분으로 사는 것도 괜찮겠다 싶었다.

"박사님, 이것 좀 봐요. 너무 예뻐요."

영순은 한 번도 신혼 방을 가져 보지 않은 것처럼 예쁜 방들을 신기하게 바라보았다. 사실 현실에서 쉽게 만날 수 있는 방들은 아니었다. 이렇게 천장이 높은 집에 살 수 있는 사람이 얼마나 되겠으며 누가 저렇게 밝은 조명을 방 안에 켜 두겠는가. 무슨 상관이랴. 눈속임일지라도 발걸음이 가벼웠다. 누군가 영순의 정수리에 전류를 흘리기라도 한 것처럼 온몸이 저릿저릿했다. 이곳을 거니는 젊은 이들처럼 미니스커트에 하이힐을 신고서 데이트를 했던 날이, 남편과 함께 연말 파티에서 왈츠를 추었던 날이 생각났다.

"박사님!"

영순의 눈앞에 거울이 보였다. 병든 닭처럼 퀭한 눈으로 이리저리 고개를 돌리고 있는 노파는 바로 영순 자신이었다. 어딘가에서 갑자기 김 박사가 튀어나왔다. 그의 회색 중절모를 보자 안도의 한숨이 새어나왔다. 이곳의 단점이라면 여기저기 거울이 너무 많다는 것이었다.

김 박사가 영순의 손을 잡아끌었다. 심장은 건강한 편인데 마구 뛰었다. 넋을 잃고 보다 보니 그의 손을 놓쳤다. 영순은 또다시 그를 찾았다. 젊은 이들 사이에서 두리번거리다 보니 웃음이 나왔다. 결혼할 때만 해도 딸과 손녀에게 장롱을 물려주겠다고 생각했었는데 딸은 얻지 못했고, 이제 막 말대꾸를 하기 시작한 사춘기 손녀는 영순이 그런 말이라도 꺼냈다가는 할머니가 노망났다고 생각할 것이 분명했다. 이렇게 값싸고 세련된 가구가 있는데 어떻게 그러지 않을 수 있겠는가.

꿈결 같은 방들이 이어졌다. 칭얼대는 아이를 키우는 것조차 즐거울 것 같은 예쁜 거실들과, 이런 주방에서라면 하루 종일 요리를 해도 힘들지 않을 것 같은 세련된 주방들이 그 시절을 다 스쳐 보낸 할머니의 얼굴에도 잠시 미소를 던져 주었다.

어느 순간 영순은 침실에 들어와 있었다. 침대 헤드보드 위로 앙증맞은 두 개의 조명이 달린 침대 옆에는 예쁜 협탁이 놓여 있었다. 협탁 위에는 자명종이 있었고 협탁 아래의 선반에 놓인 바구니에는 한껏 차려입은 예쁘장한 사내아이를 표지 모델로 내세운, 주부들이 보는 육아 잡지가 들어 있었다. 침대 발치 앞에 놓인 라탄 바구니는 갓난아이가 들어가도 될 것처럼 큼지막했다. 영순은 침대 위에 앉으며 말했다.

"다시 태어나면 이런 집에서 살고 싶네요. 북유럽 식으로 꾸며 놓고. 남편한테는 여보라고 안 하고 '씨'라고 할 거에요. 젊은 애들은 자기라고 하던데 그건 너무 닭살스럽고. 동현 씨, 이런 식으로요."

영순의 착각이었을까. 김 박사의 얼굴이 붉어졌다. 영순도 얼굴이 달아오르는 것 같았다. 영순은 침대 때문인가 싶어서 얼른 침대에서 일어났다. 김 박사가 예의 그 멋진 미소를 지으며 말했다.

"그럼 동현 씨라고 불러요. 어차피 박사도 아니니까요. 나는 영순 씨라고 할게요. 이곳에서 나갈 때까지만요."

"좋아요."

'까지만'이라는 조건이 영순을 대범해지게 했다. 우습지만 20대 처녀가 되어 신혼집을 보러 다니는 기분이 들었다. 이런 기회는 또 다시 찾아오지 않을 것이므로 영순은 이 기분을 최대한 만끽하기로 했다.

그는 영문학 석사까지 마쳤다고 했으니 박사는 아니었지만 주민센터에서는 모두들 그를 '박사님'이라고 불렀다. 그는 나이보다 훨씬 젊어 보여 선생님이라는 호칭은 어울리지 않았다. 몸에 밴 그 우아하고 멋진 동작과 매너가 박사라는 호칭에 더없이 잘 어울렸다. 주민센터에서 열리는 영어 팝송 강의는 6, 70대 실버 세대를 대상으로 하고 있었다. 학생 중에는 대학을 나온 사람도 있었고 알파벳도 모르는 사람도 있었다. 하지만 그의 수업에서 자신의 영어 실력을 자랑하거나 폄하하는 사람은 없었다.

"노래로 배우는 것이니 그런 건 중요하지 않습니다. 노래를 100번 따라 부르다 보면 자연스럽게 영어를 할 수 있게 될 겁니다."

김 박사는 종종 영미 문학을 읽어 오게 한 다음 감상을 나누기도 했다. 영순은 팝송을 배우는 시간도, 영미 문학을 읽는 시간도 즐겁기만 했다. 이 나이가 되어 배움의 시간을 기다리게 될 줄은 몰랐다.

영순은 그 쇼룸의 한구석에 놓인 아기 침대를 애써 모른 척했다. 하지만 그 방에서 나올 때 어디선가 아기 우는 소리가 들리는 것 같아 자신도 모르게 고개를 이리저리 돌렸다.

영순은 다음 쇼룸으로 건너갔다. 문득 눈앞의 거울에 비친 김 박사와 자신이 타임머신을 타고 미래로 온 사람들로 보였다. 한껏 차려입었는데도 자신들만 다른 시대에서 건너온 것 같았다. 주민센터에서는 젊은 축이었고 또래의 노인들에 비해 정정한 편이었는데 젊은이들 사이에서 주름투성이의 등이 구부정한 두 노인은 도드라져 보였다. 특히 파운데이션을 몇 번이나 덧칠해도 가려지지 않는 얼굴의 기미와 주름이 강한 조명 때문에 더 부각되는 느낌이었다. 영순의 눈에 자신과 김 박사는 물과 기름처럼 주변 사람들과 정확히 분리되어 보였다. 김 박사가 말했다.

"사람이 좀 적은 곳으로 갑시다."

영순과 김 박사는 이 방 저 방을 기웃거리다가 상대적으로 사람이 적은 방에 들어가 침대에 걸터앉았다. 김 박사가 모자를 벗으며 말했다.

"힘들죠?"

김 박사의 이마에는 땀방울이 맺혀 있었다. 모자를 벗으니 그는 부쩍 나이 들어 보였다. 화장을 지우면 영순이 호호 할머니로 변신하는 것처럼. 김 박사가 고개를 숙여 영순의 귓가에 대고 말했다.

"재밌는 얘기 해 줄까요? 유럽인의 10퍼센트가 이케아 침대에서 잉태된다네요."

영순은 그만 풋, 하고 웃음을 터뜨렸다. 영순은 앉은 채로 방을 둘러봤다. 전체적으로 푸른색으로 꾸며진 침실이었다. 그 방에도 아기 침대가 있었다. 영순은 자기도 모르게 아기 침대 옆으로 다가갔다. 아기 침대 앞 벽면에는 하트 모양의 조명이 붙어 있었고, 옆 벽면에는 새 떼가 날갯짓을 하며 날아가는 스티커가 붙어 있었다. 영순은 아기 침대를 쳐다보다가 얼른 다음 쇼룸으로 이동했다. 검은 기억을 몰아내기 위해서였다. 하지만 그것은 작고 희미한 유령처럼 따라붙었고 몇 개의 방을 지나쳐도 영순에게서 떨어지지 않았다.

영순은 거실로 꾸며진 방의 한쪽 모퉁이에 섰다. 육각형의 작은 거울이 여러 개 붙어 있는 커다란 거울은 벌집을 연상시켰다. 그 거울에 비친 영순의 모습도 여러 개로 조각나 있었다. 거울 앞에는 굵고 불그레한 양초가 세 개 놓여 있었는데 거울에 비쳐서 양초가 여러 개 놓인 것처럼 보였다. 영순은 그 방의 자주색 소파 위에 걸터앉았다. 이 매장에서는 보기 드물게 짙은 색으로 꾸며진 방이었다. 검은색과 짙은 자주색의 조화는 조명과 어우러져 신비로운 분위기를 조성했지만 영순을 오래전 그날로 데려갔다.

그때도 이런 방에 홀로 남겨졌다. 사산한 아이를 낳고 퇴원을 한 후 출장 간 남편을 기다리며 어둡고 무서운 방에. 남편이 달아 놓은 짙은 색 커튼이 금방이라도 영순을 잡아먹을 것처럼 무서워 보였다. 그 아이도 그랬을 거다. 자궁이라는 어둡고 좁은 방에 갇혀 죽어 갔다. 얼마나 무서웠을까. 얼마나…….

"무슨 생각해요?"

김 박사가 예의 그 따뜻한 미소를 지으며 물었다.

"그냥…… 집에 낡고 냄새나는 가구가 있는데 버리지 못하고 있어요. 몇십 년 동안이나요. 다음 해에는 버릴 수 있겠지. 다음 해가 되면 내년에는 꼭 버리자, 그러고 있네요."

영순의 눈에서 눈물이 흘러내렸다. 김 박사가 주머니에서 손수건을 꺼내 영순의 손에 쥐어 주었다. 손수건에서도 그의 냄새가 났다. 영순은 손수건에 눈물을 닦고 코도 풀었다. 노망이 난 건가. 나이가 들어서 자신 있는 건 남들 앞에서 감정을 드러내지 않는 거였다. 그래도 눈앞의 남자에게 창피하진 않았다. 이곳에서 소리 내어 운다고 해도 그는 죽은 남편처럼 영순에게 어서 울음을 그치라고, 남들이 쳐다본다고 말하지는 않을 것임을 알기 때문이었다. 영순은 애써 웃으며 말했다.

"내가 왜 이러나 몰라요. 어디 안 보이는 곳에 들어가서 실컷 울고 싶네요."

"썩은 가구를 붙들고 사는 건 오래된 상처를 곱씹는 것만큼이나 무용한 일이지요."

김 박사는 영순의 손을 잡아 일으켜 세우더니 옷장들이 줄줄이 늘어선 곳으로 데려갔다. 그는 서너 개의 옷장을 열어 보더니 하나의 옷장을 가리키며 말했다.

"들어가요. 사람 없을 때."

슬라이딩 도어가 달린 원목 옷장이었다. 그 옷장은 칸막이도 없었고 영순이 들어가고도 남을 정도로 널찍했다. 영순은 젊은 연인이 다음 코너로 넘어가자마자 나무 냄새가 나는 옷장 안으로 들어갔다. 그리고 안에 쭈그리고 앉아 어린애처럼 펑펑 울었다. 누가 듣건 말건 직원이 옷장 문을 열고 무슨 일이냐고 물으면 어쩌나 걱정하지 않고 눈물을 쏟아냈다.

영순이 옷장 안에서 깨달은 건 단 하나였다. 그와 함께 살고 싶다는 것. 동현 씨와 남은 생을 함께 하고 싶다는 것. 한 달간이나 답변을 미루고 있었지만 그와 처음으로 사적인 이야기를 나눈 순간부터 영순 역시 그와 같은 생각을 하고 있었다는 것 말이다. 사산한 딸아이에 대한 생각과 재혼에 대한 생각이 동시에 든다는 것은 신기한 일이었다. 영순은 이제 어두운 기억을 떨쳐 버리고 새로운 삶을 시작하고 싶었다.

영순은 60대 중반인 지금, 재혼을 한다고 시시덕거리는 사람들의 시선 따위는 두렵지 않았다. 하지만 어느 누구보다 아들 녀석은 어쩔 것인가. 영순이 재혼을 한다면 아들은 처음에는 기겁을 하겠지만 새아버지 될 사람이 자산가라는 것을 알면 어떻게든 사업 자금을 빼내려 할 것이었다. 영순은 자신이 기른 자식의 단점을 누구보다도 잘 알고 있었다.

영순은 옷장 문을 살짝 열고 그에게 물었다.

"동현 씨, 사람 없어요?"

문틈으로 그의 냄새가 스며들었다.

"잠깐만요, 이제 없어요. 옷장 안에 나쁜 건 다 내려놓고 나와요."

영순은 문 앞에서 자신을 반겨 주는 김 박사의 미소에 가슴이 따뜻해졌다.

"쇼룸의 옷장에는 옷이 가득 들어 있더라고요. 그래서 이리로 왔죠."

영순은 그의 말에 피식 웃음을 터트렸다. 울다가 웃는 실없는 여자가 되어 버리고 말았지만 기분이 좋았다. 정말 옷장 안에 무언가를 내려놓고 나온 것일까. 한결 발걸음이 가벼웠다. 주방과 서재를 지나 어린이방이 펼쳐졌다. 초록으로 꾸며 놓은 방, 분홍으로 꾸며 놓은 방. 영순이 아이를 키울 때는 상상도 할 수 없었던 예쁜 방들이었다.

영순의 딸아이는 사산아로 태어났다. 엄마가 정성 들여 꾸며 놓은 방에는 한 번 들어가 보지도 못했다. 영순의 딸은 평생 어두운 자궁 속에서만 살다 갔다. 영순은 분홍색으로 꾸며진 아이 방 한편에 놓인 작은 의자에 잠시 앉았다가 다리에 힘을 주며 일어났다.

그들은 좀 더 둘러보다가 의자 코너로 들어섰다. 영순은 하나의 의자 앞에서 멈춰 섰다. 조절 가능한 머리받침대가 달려 있는 하이백 암체어였다. 김 박사가 말했다.

"편해 보이죠? 인체공학적으로 앉아 있기 편하게 설계된 의자죠."

영순은 이 의자가 김 박사를 닮았다는 소리를 하진 않았다. 날렵한 디자인과 중후한 회색 컬러가 지혜로운 노인을 연상케 했다. 뭔가 득도한, 그러면서도 장난기가 가득한 못 말리는 할아버지를. 그 의자는 내 위에 엉덩이를 걸치고 앉으라고, 아무것도 강요하지 않겠다고, 그냥 편히 쉬다 가라고 말하는 것 같았다. 하지만 영순은 그 의자에 앉지 않았다. 좀 더 생각할 시간이 필요했다.

이렇게 오랜 시간 걸어 본 것이 대체 얼마 만이던가. 식욕이 맹렬히 솟아났다. 식사를 하기 위해 줄을 서는 것도 힘들지 않고 재밌었다. 감자 무스가 곁들여진 링곤베리 미트볼 2인분으로는 모자라서 초콜릿 무스, 마늘빵, 샐러드까지. 영순은 쟁반 가득 음식을 담았다. 김 박사는 신사답게 쟁반을 올린 카트를 조용히 밀며 영순에게는 아무것도 들지 말라고 했다.

김 박사는 여러 모로 남편과 대조적이었다. 남편은 철두철미했지만 사람의 감정을 다독이는 면에서는 서툰 편이었다. 김 박사는 조용하고 섬세했다. 어디 갔나 싶으면 어느새 곁에 와 있는 사람이었다. 늘 한 걸음 뒤에서 영순을 지켜봐 주었다. 아이가 죽었을 때 영순의 남편이 아이는 또 낳으면 된다고 투박하게 말했다면 김 박사는 자기 아이가 아닌데도 마치 자기 자신이 그 자리에 있었던 것처럼 영순의 상처를 다 안다고 말하는 눈으로 함께 눈물을 흘려 주었다. 그래서 영순은 자꾸만 정작 남편과 살았을 때는 까맣게 잊고 있었던 아주 오래전의 상처까지 후벼 내어 그에게 위로해 달라고 칭얼거리는 것인지도 몰랐다.

영순은 창가 자리로 그를 이끌었다. 김 박사의 주름을 햇빛이 비추었다. 그리 나쁘지 않았다. 그의 주름은 정직하게 그어져 있었다. 선명히 그어진 이마의 주름도, 깊게 팬 팔자주름도, 두툼한 눈 밑 지방마저도 그의 아름다운 눈과 잘 조화를 이루고 있었다. 영순은 도무지 노인의 눈이라고 믿기 힘든 형형한 눈빛을 넋을 잃고 바라봤다. 그가 청년이었을 때 주름들 사이에 자리 잡은 저 아름다운 눈만큼은 알랭 들롱의 눈보다 멋졌을 것이었다.

영순은 창가에 비친 자신과 눈이 마주쳤다. 그제야 괜히 창가 자리를 잡았다는 생각이 들었다. 광합성을 자주 하라는 의사의 말에 따른 것이었지만 결과적으로는 더 우울해졌다. 발의 각질에 달려들어 영양을 보충하는 닥터피시처럼 햇빛이 영순의 얼굴에 몰려들어 생기를 앗아가는 것 같았다. 영순은 햇빛에 눈이 부셔 눈을 가늘게 떴다. 정말로 얼굴의 미세한 주름에 햇빛이 일부러 몰려드는 것 같았다. 일없이 우르르 몰려와 놀려 대고 따돌리는 동네 얄궂은 개구쟁이들처럼.

영순이 수저를 든 순간 지나가던 아이가 영순 앞에서 풀썩 넘어졌다. 뒤이어 오던 여자아이도 남자아이에게 걸려 위로 넘어졌다. 영순은 자리에서 일어나 사내아이를 일으켜 세워 주었다. 저쪽에서 아이 엄마로 보이는 여자가 달려오며 말했다.

"너희들 왜 뛰고 그래? 감사합니다."

그들이 자리로 돌아간 후 김 박사가 말했다.

"우리 아이들도 저만 했을 때가 있었는데 시간이 참 빠르네요. 요즘은 얼굴 보기도 힘들어요."

김 박사는 아들과 딸이 있는데 아들은 외국에 있고 딸은 대기업에 다닌다고 했다. 영순은 미트볼을 천천히 씹으며 말했다.

"먹을 만하네요."

"이 미트볼이 연간 1억 5000만 개가 판매된답니다."

"그래요? 소스 맛이 아리송하네요."

"링곤베리 잼이에요."

링곤베리의 맛은 시큼했는데 다른 신 맛과 비교하기 힘들었다. 그동안 흔히 맛본 맛은 아니었다. 다만 뭔가 인공적이지 않은 맛이란 것은 분명했다. 사람으로 치자면 어떤 일에도 호들갑을 떨지 않는, 평지풍파를 겪은 사람 같다고나 할까. 혀 위를 맴도는 링곤베리의 맛을 음미하는 중에 이런저런 기억이 스쳐지나갔다. 영순은 링곤베리의 맛은 오래된 상처를 담담히 곱씹게 하는 맛이라고 하면 알맞지 않을까 생각했다.

"링곤베리는 야생 베리에요. 스칸디나비아 반도 어디서나 흔히 나는 과일이죠. 야생베리 중에서도 가장 많이 수확되니까요. 스웨덴 사람들은 타인의 개인 정원을 제외한 거의 모든 지역에서 자유롭게 신선한 링곤베리를 마음껏 따 먹을 수 있어요. 이 권리는 헌법상 보장된 권리인데 스웨덴 사람들은 순록고기를 먹을 때도 이 잼을 곁들여 먹는답니다. 스웨덴 요리는 대체로 밋밋한데 링곤베리 잼은 음식의 풍미를 더해 주거든요. 마치 인생의 힘든 시기가 한 사람의 인생을 풍성하게 해 주는 것처럼 말이에요. 링곤베리 잼을 어떻게 사용할까는 요리사 마음이에요."

영순은 수저를 입가로 가져갔다. 한 입 더 맛본 링곤베리 잼의 맛이 다르게 느껴졌다. 그의 수업을 들은 이후로 난해하거나 평범해 보이던 문학 작품이 인생의 비밀을 품고 있는 보석처럼 느껴졌던 것처럼 그 순간 링곤베리 잼의 맛도 세상에는 존재하지 않는 열매의 맛처럼 환상적으로 느껴졌다.

영순은 이런 식의 김 박사 특유의 화법이 싫지 않았다. 그는 짧게 말하기보다는 우회적으로 길게 이야기함으로써 상대가 생각할 시간을 주었다. 마치 영미문학 한 편을 읽는 것처럼, 팝송 가사를 해석하며 의미를 되새겨 보는 것처럼.

영순은 링곤베리 잼을 수저에 듬뿍 올려 입에 넣으며 생각했다. 사산한 아이를 낳은 경험, 사별의

경험도 링곤베리 잼이 될 수 있을까. 사별의 기억은 사산한 아이에 대한 기억에 비하면 그리 큰 상처는 아니었다. 하지만 그 두 개의 상처는 서로 연결되어 있는지 하나를 생각하면 다른 하나가 생생히 되살아났다. 그 끔찍한 경험이 이제 얼마 안 남은 내 삶에 풍미를 더해 줄 수 있을까. 슬픔의 재료로 사용해 평생 우울하게 살 것인가, 더 큰 열정의 조미료로 사용할 것인가는 내 마음이었다. 이제 죽는 것밖에 남지 않았다고 생각한 영순의 머리가 호두 껍데기가 깨지는 것처럼 단번에 열리는 느낌이었다.

2년 전, 영순의 올케 언니가 재혼을 권한 적이 있었다. 아직 60대 초반인데 속는 셈치고 한 번만 만나 보라고 했다. 하지만 사업가라는 그 남자와 한 시간의 대화를 나눈 뒤 영순은 진이 다 빠져 버렸다. 그는 영순을 노후를 편히 보내는 것이 목적인 여자로 단정 짓고 대화를 해 나갔다. 일흔여섯 살인 그가 재혼 상대를 찾는 이유는 오로지 자신이 아플 때 간병할 사람이 필요해서였다. 영순은 그에게 화가 나진 않았다. 사실 그 노인과 영순은 그리 다를 바가 없었다. 하지만 영순은 아무리 멋진 성에서라도 곧 닥쳐올 죽음을 두려워하는 남자와 함께 살고 싶진 않았다. 그 즈음의 영순은 무슨 영화를 봐도 감흥이 없었다. 중간쯤 되면 결말이 빤히 보이니 하품이 나서 꾸벅꾸벅 졸다 나오곤 했다. 그 노인만큼이나 영순도 세상을, 상대를 빤히 안다고 단정 짓고 있었다. 하지만 김 박사를 보면 아직 자신이 모르는 것이 많다는 생각이 들었다. 그와 함께 하는 삶은 어떤 맛일까 궁금해졌다. 링곤베리 잼만큼이나 야릇한 남자. 영순은 이케아 매장을 거니는 동안 문득문득 그와 한방에 있는 풍경을 그려 보았다. 그 풍경이 더없이 평온하면서도 이케아 쇼룸들만큼이나 다채롭다는 것이 남은 생을 그와 함께 하고 싶은 이유였다.

두 사람은 홈퍼니싱 코너를 둘러본 후 무빙워크를 타고 내려가 물건을 찾았다. 영순은 복잡한 절차 탓에 정신이 없었지만 김 박사는 외국인 직원에게 영어로 무슨 질문을 하더니 차분하고 능숙하게 물건을 찾았다. 그가 영순에게 무언가를 내밀었다.

"이게 뭐에요?"

"노트북 받침대요. 영순 씨 노트북 샀다면서요."

"아직 컴퓨터 할 줄도 모르는데요."

"내가 가르쳐 줄게요."

파티장처럼 꾸민 쇼룸의 진분홍색 소파베드 앞에 진열된 탁자 위에 놓여 있던, 소파베드와 같은 색깔의 노트북 받침대였다. 영순은 무엇보다 색깔이 마음에 들었다.

영순과 김 박사는 비스트로에서 젊은이들 뒤에 줄을 서서 핫도그를 사 먹었다. 고작 1000원밖에 안 하는 핫도그였지만 생각보다 맛있었다. 핫도그가 반쯤 남았을 때 영순이 말했다.

"동현 씨, 우리 계약 동거를 해 보는 게 어때요?"

"계약 동거요?"

"우리 나이에 무슨 재혼이에요. 일단 2년간 살아 보고 그 다음은 다시 생각해요."

혈기왕성한 20대 남자에게 이렇게 말했다면 얼굴이 붉으락푸르락했겠지만 김 박사는 그저 빙그레 웃고만 있었다.

"지금 있는 집은 그대로 두고 자식들이 집에 온다고 하면 들어가 있는 거예요. 동현 씨 집이랑 우리 집 중간에 집을 하나 마련해서 이케아 가구를 들여 놓고 살아 봐요. 요즘 사람들처럼요. 요즘 젊은 사람들은 비싼 가구를 사는 건 촌스럽다고 생각하는 것 같아요. 생각해 보니 얼마나 합리적이에요. 2년 정도 쓰다가 버리고 다시 새로운 환경에서 생활하면 기분도 좋고요."

김 박사는 영순의 말이 노래라도 된다는 듯이 웃으며 듣고 있었다.

"사실은 저 안에 들어가 살아 보고 싶은 생각이 들 줄은 몰랐어요. 나는 이제는 정말이지 그만 하고 싶었거든요."

그는 주말 드라마의 재벌 2세처럼 말했다.

"또 둘러보려면 다리 아플 텐데 그냥 방 하나를 통째로 구입하는 건 어때요? 내 그 정도 돈은 있습니다."

"그것도 나쁘지 않겠지만 그럼 재미가 없잖아요. 다음에 한 번 더 와서 천천히 골라요."

"다음에 오면 레스토랑에 먼저 들릅시다."

영순은 김 박사와 주차장까지 천천히 걸어가며 이야기를 나누었다. 어느새 영순은 그의 팔짱을 끼고 있었다. 영순은 한 입 남은 핫도그의 맛을 천천히 음미했다. 평생 처음 먹어 보는 음식처럼 핫도그의 맛이 색다르게 느껴졌다.

빈 집

3층 학원에서 내려오는 정아는 다크서클 때문인지 부쩍 나이 들어 보였다. 명희는 정아의 팔에 팔짱을 끼어 옆 건물의 스타벅스로 끌고 들어갔다. 명희는 널찍한 자리에 가방을 내려놓고 가방에서 시나리오를 꺼내 정아에게 내밀었다. 시나리오를 읽는 정아의 얼굴은 무표정했다. 정아는 마지막 페이지를 넘기며 말했다.

"그러니까 이케아에 가서 영화를 찍는다는 거지?"

정아는 앞 장으로 돌아가 시나리오의 지문을 소리 내어 읽었다.

"'빈집 점거 운동'이라고 적힌 푯말이 이케아 쇼룸 앞에 세워져 있다……?"

"푯말은 네가 만들어 줘. 그런 건 네가 전문이잖아. 일종의 소품이야. 그걸 쇼룸 앞에 세워 두고 찍을 거야."

정아는 말없이 커피를 마셨다.

"프랑스는 우리나라처럼 빈집이 많대. 외국 부자들이 집을 사 놓고 별장처럼 가끔 사용하기 때문에 비어 있는 집이 많다는 거야. 그래서 프랑스에는 스쿼트라는 게 있대. 빈집 점거 운동이라는 건데 주인 동의 없이 빈집에 들어가서 사는 거야. 집주인이 아니어도 빈집에 들어가 살면 함부로 쫓아내지 못한대. 역시 선진국은 다르지 않냐? 그래서 프랑스 고급 주택가의 빈집에는 예술가들이 들어가서 예술 활동을 한대. 그림도 전시하고 예술 공간으로 만들어 사용하는 거지."

"그래서 내일 밤 이케아에 잠입하겠다고?"

명희는 신이 나서 말했다.

"응. 오늘 가고 싶은데 푯말이 없잖아. 지난달에 고양에 2호점이 생겼대. 1호점이 반응이 좋았나 보지? 고양점은 여기서 걸어서 10분밖에 안 걸려. 우리 둘이서 거기서 밤새 단편영화를 찍는 거야. 20년 간 반지하와 옥탑방을 전전하는 가난한 예술가 이야기를 하는 거지."

정아가 피식 웃으며 말했다.

"밤새 농담 따 먹기나 하고선 예술 활동 했다고 우기려고? 집이 필요하면 돈을 벌어야지 왜 남의 집에 함부로 들어가? 그건 예술이 아니라 도둑질이야."

"들어가 살지도 않을 거면서 물건처럼 집을 수집하는 사람들도 잘한 건 없지. 전국에 빈집이 100만 채가 넘는단다, 100만 채가."

명희는 치밀어 오르는 화를 누르며 말했다.

"그건 그렇고 넌 어째 갈수록 속물이 되어 가는 것 같다? 돈벌이한다고 생색내는 거야? 그러니까 예술하는 사람들은 다 도둑놈이라는 거지?"

정아가 작게 한숨을 내쉰 후 말했다.

"넌 정말 철이 안 드는구나. 그래서 이딴 개판 영화를 찍겠다고 하루 종일 보충 수업한 나를 찾아온 거야? 이케아에 가서 밤을 새우고 다음날 아침에 학원에 나가 보충 수업을 하라는 거야? 너 오늘이 무슨 날인지는 아냐? 수능 시험날이야. 지진이 나지 않았다면 오늘 수능 시험을 치렀을 거라고. 지진으로 수능이 일주일 연기되는 바람에 나는 제주도 여행도 취소하고 수능 특강 중이라고."

"수능? 지진 난 건 알았는데 일주일이나 연기됐어? 요즘 시나리오 쓰느라 뉴스를 통 못 봐서."

정아는 명희의 말이 끝나기도 전에 카페 출구로 나가고 있었다. 명희는 정아를 따라 나가려다가 주저앉았다. 달콤한 카페 모카가 아직 반이 남아 있었다. 7년 전만 해도 마흔셋의 정아와 명희는 함께 영화판을 기웃거렸다. 명희와 정아는 새벽까지 심야 영화를 보고서 첫 지하철을 타고 귀가했다. 함께 영화 아카데미에 다니고 서로의 시나리오를 읽어 주는 문우였다. 명희는 정아와 함께 찜질방에서 새우깡 한 봉지와 영화계 뒷얘기를 안주 삼아 몰래 마시던 생수병에 담은 소주의 맛이 떠올라 입맛을 다셨다.

마흔다섯 살이 되던 해 정아는 다시는 영화를 찍지 않겠다고 선언했다. 명희가 보는 앞에서 그동안 썼던 시나리오도 삭제했다. 그러고는 아이들 학비라도 벌겠다면서 대학 선배가 운영하는 학원에 취직했다. 그러고 보니 정아는 명문대 졸업생이었고 말발도 좋은 편이었다. 그래도 국어 선생이라는 말에 명희는 안도했다. 명희는 언젠가 정아가 다시 영화를 찍겠다고 하면 자신의 노트북에 저장된 정아의 시나리오를 건네줘야겠다고 생각했다.

명희는 시간을 확인한 다음 자리에서 일어났다. 내일까지 기다릴 것 없이 지금 가기로 했다. 자막으로 넣으면 되니 풋말은 없어도 될 것이다. 명희는 이케아 쪽을 향해 힘차게 걸으며 머릿속에 전체적인 그림을 그렸다.

영화를 구상하게 된 것은 석 달 전이었다. 조금 전 정아를 만났던 카페의 창가 자리에서 명희는 우석을 만났다. 오랜만에 만난 우석은 양복을 차려입고 있었다.

"결혼식 다녀오느라. 엄마도 알지? 성진이. 성진이 결혼식이었어."

"그래? 그 코흘리개가."

"요 앞 아파트에 신혼살림 차렸어. 부모님이 사주셨대. 대출금도 없이 시작하는 거지."

우석은 그것을 프롤로그로 삼아 하고 싶은 이야기를 꺼냈다.

"사실은 며칠 전에 여자 친구와 헤어졌어."

"왜? 걔랑 오래 사귀었잖아."

"누가 집 없는 남자한테 시집오려 하겠어? 군말 없이 보내 줬어."

"무슨 남자가 그러냐? 좋으면 못 가게 붙잡아."

우석은 갑자기 사슴처럼 순진한 눈망울로 명희를 쳐다보며 물었다.

"엄마 혹시 돈 있어? 전셋집이라도 있어야 말을 꺼내지. 7000이면 될 것 같은데. 나한테 3000만 원 있거든."

우석의 눈에는 희망이 드리워져 있었다. 명희가 말없이 얼음을 씹자 우석은 한숨을 크게 내쉰 다음 말했다.

"서울에 빈집이 8만 채, 전국에 107만 채라는데 내 집 구하긴 힘드네. 먹을 거 안 먹고 입을 거 안 입고 모았는데도 겨우 3000이야."

이제 서른 살인 남자가 3000만 원을 모으기도 쉽진 않았을 것이다. 하지만 명희의 재산이라고는 6000만 원짜리 전셋집뿐이었다. 명희는 잠시 생각하다가 말했다.

"너 그럼 색시랑 내 집에 들어와 살래?"

우석은 경멸감을 눈에 담아 명희를 노려보더니

엄마 혼자서 영화를 보라고 하고서는 자리에서 일어났다.

"조금만 기다려 봐. 엄마가 수를 마련해 볼……."

말이 끝나기도 전에 우석은 카페에서 나가 버렸다. 그래도 집을 내어 주고 엄마가 다른 곳을 알아보라고 말하진 않아서 다행이었다. 그렇게 말하고 싶었지만 참았을 것이다.

명희는 참담했다. 아들 집은커녕 지금 살고 있는 집도 비워 줘야 할 판이었다. 집주인은 전세 자금을 1000만 원 올려 주지 않을 거면 월세로 전환하자고 했다. 명희가 집을 비워 줄 경우 다음 달에 결혼하는 둘째아들 내외가 들어와 살게 할 생각이라고 했다. 정기적인 수입도 없는데 월세라니. 명희는 또다시 이사할 생각을 하자 막막했다. 그러고 보니 집주인도 아들을 들먹였다. 단순히 나를 쫓아내기 위해 지어 낸 말일까. 세상 모든 부모는 자식의 집을 장만해 주는 걸까. 그나저나 서울에 있다는 8만 채의 집은 왜 비어 있는 걸까. 노부부가 죽은 다음 방치된 집도 있을 것이고 투기 목적으로 사 둔 집도 있겠지만 집주인이나 성진이 부모와 같은 극성스러운 부모들이 자식을 위해 미리 사 둔 집이 많기 때문 아닐까. 그때부터였을 것이다. 명희는 '빈집'에 대해 생각하게 되었다. 명희는 매일 지나다니는 골목에 있는 고급 주택을 들여다보며 빈집이 아닐까 생각했다. 그 집 마당에는 늘 길고양이들이 모여 있었고 대문에 광고지가 덕지덕지 붙어 있었다. 오랜 시간 방치된 것처럼 잡초도 수북했다. 그 집 뒷골목에도 빈집이 있었다. 그 집은 누가 봐도 빈집이라는 것을 알 수 있을 정도로 을씨년스러웠다. 귀신이라도 나올 것처럼 흉물스러웠던 그 집은 결국 동네 주민들이 보는 앞에서 허물어졌다. 그 집은 자식과 연락이 끊긴 노부부가 죽은 뒤 7년이나 방치되어 있었고 가출 청소년들이 드나드는 것이 이웃 주민에게 발각되어 철거가 결정되었다. 명희는 집 주위를 둘러선 주민들 틈에 서서 굴착기가 집을 허무는 모습을 카메라에 담았다.

명희는 저녁에 산책을 할 때마다 산책로 왼쪽으로 늘어선 고층 아파트를 올려다봤다. 환하게 불이 켜진 집들 사이에 간간이 박혀 있는 불이 꺼진 집들을 보며 저 집들 중에도 분명히 빈집이 있을 거라고 생각했다. 그 중 한 집은 무려 석 달간이나 저녁 시간에 불이 꺼져 있었다. 명희는 매일 저녁 그 집을 올려다보는 것을 멈출 수 없었다. 역세권의 유명 브랜드 아파트인데 설마 빈집일까? 고위공직자가 투기 목적으로 자식 명의로 사 놓은 아파트일지도 몰랐다. 전국에 빈집이 107만 채, 서울에만 8만 채인데 빈집이 아니라는 법이 어디 있겠는가. 빈집이 그렇게 많다는데 우석은 물론이고 쉰 살이 넘은 명희가 들어가 살 집은 어디에도 존재하지 않았다. 그 순간 어떤 아이디어가 명희의 뇌리를 스치고 지나갔다. 이거다! 빈집이 107만 채나 되는 한국을 고발하는 거야. 한쪽에서는 집이 없다고 난리인데 한쪽에서는 빈집이 늘어 간다. 빈집에 들어가 생활하는 모습을 찍는 거야. 마지막이라고 생각하고 찍고 싶은 걸 찍자. 그리고 단편영화제에 출품하자. 명희는 노트북을 켜고 시나리오를 써 내려갔다.

하지만 빈집을 촬영하는 것은 쉽지 않았다. 고급주택 앞에서 반나절을 서성댔더니 훤칠한 외모의 캡스 대원이 출동했다. 아줌마 여기서 뭐 해요? 얼룩아, 이리 온. 명희는 마당의 얼룩 고양이를 가리키며 집 나간 고양이를 데려오려 했다고 둘러댔다. 명희에게서 풍기는 술 냄새 때문인지 캡스 대원은 명희를 위아래로 훑어 본 후 돌아갔다. 유명 브랜드 고층 아파트도 잠입이 쉽진 않았지만 명희는 택배 기사를 가장해 동 안으로 들어갈 수 있었다. 아파트가 비어 있는 건 분명했다. 그 집 앞에는 우유와 신문이 수북이 쌓여 있었다. 여행이라도 간 건가? 명희는 떨리는 가슴을 부여잡고 문으로 다가가 문고리를 돌렸다. 하지만 영화에서처럼 문고리를 돌리면 문이 열리는 빈집은 현실에 존재하지 않았다.

그날 밤 우연히 파워 블로거의 블로그를 방문한 명희는 무릎을 쳤다. 저기다! 블로그에는 지난달에 오픈했다는 이케아 고양점 사진이 올라와 있었다. 저곳에는 빈 방이 42개나 있다고 했다. 정아를 투입하는 것은 실패했지만 명희는 혼자서라도 촬영을 하고 말 생각이었다. 경찰에 고발당하는 건 이미 각오하고 있었다. 하지만 경찰이 명희의 영화까지 빼앗아갈 수는 없을 터였다.

명희는 매장 안으로 들어서며 중얼거렸다. 별거 없네. 하지만 발걸음은 어린아이처럼 경쾌했다. 쇼룸을 둘러볼수록 영화에 딱 맞는 장소라는 생각이 들었다. 빈집은 늘어 가고 집을 살 수 있는 사람은 줄어만 가는데 집에 대한 욕망을 부추기는 가구

공룡 이케아는 몸집을 키워 가고 있다니. 명희는 분한 마음에 중얼거렸다. 이러니 나 같은 가난뱅이 눈에 눈물 마를 날 있겠어?

스무 살, 배 속에 우석이 생겨 버리는 바람에 명희는 서둘러 결혼했다. 명희는 늦은 나이에 다시 영화 공부를 시작했다. 물론 이혼한 뒤였다. 우석이 초등학교에 들어갈 무렵 명희는 우석 아빠와 이혼했다. 명희는 영화판에서 이런저런 잡일을 하며 먹고살았다. 가끔 엑스트라로 영화에 출연하기도 했다. 생활이 어려울 때면 마트에서 아르바이트를 했다. 보란 듯이 영화감독으로 성공할 생각이었다. 그런데 쉰 살이 되도록 입봉조차 하지 못했다. 재능이 없다고 노골적으로 말하는 사람도 있었다. 그래도 크게 상처입지 않았다. 그것이 20년을 버틴 비결이었다. 2년 전 기적처럼 명희의 영화에 관심을 보인 투자사가 나타났다. 드디어 입봉을 하게 되었다고 친구들과 파티를 했지만 투자사는 기묘하게 말을 바꿨고 결국 입봉은 무산되었다. 그 이후로 명희는 한동안 폐인처럼 살았다. 알코올중독 치료를 받고 일상생활로 복귀할 즈음 다시 영화를 찍고 싶다는 욕망이 생겨났다. 그래, 이 영화를 찍으려고 이렇게 살았구나. 명희는 처음 우석을 품에 안은 그날처럼 카메라를 어루만졌다.

명희는 동화 속 집처럼 예쁘게 꾸민 어린이방 앞에 멈춰 섰다. 요즘 애들은 다 이렇게 멋진 방에서 잘까? 역시나 엄마 노릇을 못한 것 같아 죄책감이 밀려왔다. 다른 집 엄마들처럼 우석이 어렸을 때 좀 더 신경을 썼더라면 집을 못해 주는 것에 대해 이토록 미안하지는 않을 것이었다. 이혼할 때 아이를 애 아빠에게 넘겨줬어야 했을까. 우석은 자라는 동안 속을 썩인 적이 없는 착한 아들이었지만 고등학교를 졸업하자마자 기다렸다는 듯이 독립했다. 지난 10년간 얼굴을 본 횟수도 손에 꼽을 정도였다.

집 근처 골목의 고급 주택은 빈집이 맞았다. 어제 길에서 만난 통장 아줌마는 그 집은 집주인이 아들이 장가갈 때 주려고 팔지 않은 집이라고 했다. 그 집 부부는 아들이 어린 시절을 보냈으며 유명 건축가가 지은 그 집을 무슨 일이 있어도 아들에게 물려주고 싶어 한다고 했다. 그 집 아들은 미국 유학 중이니 그 집은 수년간 비어 있을 거라고 했다. 부부는 건강이 안 좋아 지방에 있지만 1년에 한두 번 서울 나들이 때 그 집에 들른다고 했다. 명희는 갑자기 자신이 나쁜 엄마가 된 것 같았다. 아무리 생각해도 명희는 아들에게 해 준 것이 없었다. 한창 엄마가 필요한 나이에 영화에 빠져 신경 써 주지 못했다. 이제 장성한 아들에게 집이라도 해 줄 수 있다면.

명희는 레스토랑에서 식사하는 사람들을 쳐다보다가 가방 속에서 삼각김밥을 꺼내 먹었다. 정아에게 돈을 좀 빌릴 걸 그랬나? 삼각김밥 하나로는 성에 차지 않았다. 명희는 블루베리 치즈케이크를 먹는 꼬마를 한참동안 쳐다봤다. 꼬마와 눈이 마주친 순간 명희는 자리에서 일어나 다시 쇼룸 쪽으로 이동했다.

명희는 눈에 불을 켜고 영화 찍기 좋은 방을 물색했다. 거닐다 보니 꽃무늬 소파가 눈에 들어왔다. 그대로 집으로 옮겨 놓고 싶은, 분홍색 꽃이 촘촘히 그려진 소파였다. 내 취향도 알고 보면 프로방스풍이라고. 이건 명희의 전남편도 모르는 사실이었다. 선머슴 같은 명희가 사실은 아기자기한 소품과 가구가 가득한 방에서 살고 싶어 한다는 것은 단짝친구인 정아만 아는 사실이었다. 영화밖에 몰랐고 먹고 사는 것이 우선이라 집을 예쁘게 꾸미지 못한 것뿐이었다.

몸을 숨길 옷장을 찾는 것도 쉽지 않았다. 쇼룸의 옷장 속에는 옷 외에도 수납함 같은 잡동사니가 가득했다. 그나마 가장 적게 속이 채워진 옷장을 찾은 후 명희는 이마에 흐르는 땀을 닦았다. 이 옷장으로 하자.

옷장이 놓인 쇼룸은 명희의 마음에 쏙 들었다. 슬라이딩 도어가 달린 흰색 옷장은 디자인이 깔끔했다. 침구에는 꽃과 나뭇잎 같은 아기자기한 무늬가 새겨져 있었다. 침대 오른쪽으로는 벽 전체를 차지한 커다란 창이 있었고 별 모양의 체인 조명 장식을 창문 위쪽에 드리워 놓아서 파티 분위기가 났다. 투명한 유리창으로는 옆방이 비쳐 보였다. 옆방에서는 행복한 가족이 이야기꽃을 피우며 저녁 식사를 하고 있을 것 같았다. 그 순간 명희는 분명히 보았다. 옆방에서 탁자 위에 놓인 케이크에 초를 꽂고 있는 전남편을. 소파 위에 올라가 천장에 붙어 있는 풍선의 실을 잡아당기며 웃는 우석을.

명희는 옆에서 침대를 정리하는 남자 직원에게 물었다.

"폐점 시간은 몇 시죠?"

"10시입니다."

"밤에는 불을 꺼 두나요?"

"아니요. 약하게 켜 둡니다."

그는 친절하게 답했지만 왜 그런 질문을 할까 궁금해하는 눈치였다.

"아, 네. 그냥 궁금해서요. 하하하……."

9시 50분, 명희는 직원이 멀어진 것을 확인한 뒤 옷장 속으로 들어갔다. 음악이 끊기고 사람들의 발소리와 목소리가 흐릿해지다가 작은 소음마저 끊어졌다. 명희는 심장에 손을 대고 한참 동안 죽은 듯이 가만히 있었다. 몸은 멈출 수 있었지만 머리를 멈출 순 없었다. 예쁘게 꾸며진 방에 들어와서인가. 짧았던 결혼 생활이 스쳐 지나갔다. 명희의 입꼬리가 올라갔다. 그러고 보니 최악의 결혼은 아니었다. 명희는 자신에게도 한때 가정이 있었다는 사실이 생경하게 여겨졌다. 다리가 저려서 더 이상 참지 못하겠다 싶을 때 명희는 옷장 문을 열었다. 누구 없어요? 명희는 쥐가 난 다리를 천천히 옷장 밖으로 들어 옮기며 기어들어 가는 소리로 작게 말했다가 매장이 떠나가라 크게 소리쳤다.

"누구 없어요?"

아무 소리도 들려오지 않았다. 명희는 콧노래를 흥얼거리며 침대 위에 드러누워 시나리오를 펼쳐 들었다가 다시 덮었다. 먼저 즉흥적으로 찍어 보기로 했다. 우선 축구장보다 드넓은 매장을 카메라에 담았다. 명희는 물방울무늬 벽지와 빨간 소파가 놓인 쇼룸 앞에 멈춰 서서 카메라를 한쪽에 세워 놓고 안으로 들어가 앉았다. 명희는 소파에 앉아 카메라를 바라보며 빈집 점거 운동에 대해 짧게 설명했다. 명희는 5분쯤 촬영을 하다가 카메라를 껐다. 시간은 많으니 쉬엄쉬엄해야겠다고 생각했다. 명희는 가벽으로 주방과 식당이 분리된 방으로 들어가 우석과 며느리가 함께 음식 만드는 모습을 상상했다. 명희는 이리저리 거닐다가 멋스러운 회색 침대와 푹신한 1인용 소파가 놓인 방으로 들어갔다. 양털 러그를 올려놓은 소파 위에 앉아 엉덩이를 깊숙이 집어넣었다. 이렇게 아늑한 공간에 있었던 것이 대체 얼마 만인지. 꿈만 같았다. 명희는 가방에 챙겨 온 소주를 꺼냈다. 그리고 소파 앞의 원형 탁자 위에 놓인 유리잔에 소주를 따랐다. 술이 들어가니 몸이 따뜻해졌다. 딱 한 번 명희가 집을 예쁘게 꾸민 적이 있다.

가을날 오후, 명희는 안방 한쪽 벽면에 파스텔 톤의 노란색 페인트를 발랐다. 신이 난 우석은 엄마를 따라다니며 참견을 했다. 명희는 집 안을 색색의 헬륨 풍선으로 채웠다. 우석은 풍선에 입을 대고 헬륨 가스를 마신 다음 기이한 소리를 내며 웃었다. 명희는 안방의 이불과 베개 커버를 꽃무늬로 바꾸고 창문에 레이스커튼을 단 다음 남편을 기다렸다. 누군가의 생일도 아니었지만 명희는 케이크에 초를 꽂아 불을 붙이고 정성껏 차린 음식을 가족에게 먹였다.

그날 저녁 명희는 우석을 방으로 들여보낸 다음 남편에게 이혼 얘기를 꺼냈다. 이제는 자유롭게 살고 싶다고 말했다. 남편은 앞에 있던 과도를 들어 오리털 이불을 난도질했다. 레이스커튼도 종잇조각처럼 발기발기 찢었다. 분분히 날아오른 오리털들 사이로 명희는 우석의 눈과 마주쳤다 어린 우석이 문틈으로 그 모습을 전부 지켜보고 있었다.

남편이 술에 취해 잠든 밤, 명희는 발코니 창문이 열리는 소리에 잠에서 깨어났다. 우석이 발코니 창문을 열고 색색의 풍선들을 날려 보내고 있었다. 마치 우석이 풍선들을 집 밖으로 내쫓는 것처럼 보였다. 명희를 발견한 우석은 자기 방으로 들어가 문을 세게 닫았다. 명희는 발코니로 나가 하늘을 올려다봤다. 색색의 풍선들이 점점이 희미하게 멀어지고 있었다. 이튿날 아침, 명희는 발코니에서 담배를 태우다가 하늘을 올려다봤다. 어제 우석이 날려 보낸 풍선이 하늘에 떠 있을 리 만무했지만 명희는 눈으로 풍선을 찾았다. 풍선은 없었지만 하늘에는 무지개가 떠 있었다.

취기가 올라서인지 명희는 감상적이 되었다. 지금 사는 집을 빼서 전세 자금을 아들에게 내어 준 다음 나는 이곳에서 살면 어떨까. 매일 밤 몰래 들어와 옷장 속에 숨어 있다가 잠만 자고 나가는 거다. 밤에 배가 고프면 레스토랑에 들어가 케이크나 미트볼을 훔쳐 먹으면 될 것이다. 명희는 큭큭큭 길게 웃었다. 이 땅에 나를 위한 집은 없는 줄 알았는데 42개나 있다니. 이곳이 지겨워지면 광명 이케아로 가서 빈집을 점거하는 거다. 이케아 매장은 3호, 4호, 5호…… 계속 만들어져 이 나라에 뻗어 나갈 계획이라니 내가 들어가 살 집은 체세포분열을 하는 세포처럼 늘어날 것이다. 그나저나 우석이 아빠는 뭐하는 거야? 아들이 결혼하는데 전셋

집도 안 해 줄 생각인가? 재혼해서 아들을 둘이나 뒀다고 전처의 아들을 홀대하는 건가. 휘청거리며 이 방 저 방을 오가는 명희의 눈에서 눈물이 한 방울 떨어졌다.

명희는 슬라이딩 도어가 달린 흰색 옷장이 있는 방으로 돌아와 침대에 드러누웠다. 명희는 취미 생활 중 하나인 공상을 시작했다. 내년에는 벼락이라도 맞아 좋은 시나리오를 쓰게 될지도 모른다. 입봉을 하고 상업 영화라도 찍게 된다면 흥행할지 누가 알겠는가. 그러면 강남에 아파트를 하나 사야겠다. 아파트 값이 오르면 아파트를 팔아 내 집도 마련하고 우석이 녀석에게도 눈앞의 쇼룸과 같은 방이 딸린 아파트를 하나 사 줄 수 있을 것이다. 집을 해 주면 그 녀석도 나를 엄마 대접해 줄까? 여자친구도 소개해 줄까? 노년에는 같이 살자고 할까? 스스로 공상인 줄 알면서도 중간에 멈출 수 없다는 것이 공상의 단점이었다. 이런 집에서 손주 재롱 보며 사는 것도 나쁘지 않겠다고 생각하는 순간, 명희의 영화는 페이드아웃되었다.

다시 카메라가 켜졌을 때 명희는 문고리 앞에 서 있었다. 명희는 발밑에 쌓인 우유와 신문을 발로 밀어 치운 뒤 문고리를 돌렸다. 명희의 얼굴에 미소가 떠올랐다. 문이 쉽게 열렸다. 하지만 명희는 한 발자국도 앞으로 나아갈 수 없었다. 집 안에는 만 원짜리와 5만 원짜리 지폐가 가득했다. 한쪽에는 천장에 닿을 정도로 지폐가 쌓여 있었고 수많은 지폐가 소용돌이치며 공중에 흩날리고 있었다. 명희는 양손으로는 날아다니는 돈을 잡아 주머니에 넣고 몸으로는 돈을 앞으로 밀며 집 안으로 천천히 들어갔다. 집 안 깊숙한 곳에는 기계가 있었다. 뻥튀기 기계처럼 생긴 낡은 기계에서 파란 지폐가 튀겨져 나오고 있었다. 지폐에서 떨어져 나온 부스러기를 맛보기 위해 명희는 혀를 앞으로 내밀었다. 쌀 부스러기인가? 부스러기가 혓바닥에 닿은 감촉은 생생했지만 아무런 맛도 느껴지지 않았다.

"손님, 손님!"

눈을 뜨자 보이는 얼굴은 낯이 익었다. 어제 친절하게 대해 주었던 남자 직원이었다. 그가 낮은 목소리로 물었다.

"여기서 뭐하시는 거죠?"

"빈집 점거 운……."

그가 책망하듯이 물었다.

"혹시 밤새 여기 계셨나요?"

"아니요. 그럴 리가요."

명희는 세차게 고개를 저으며 몸을 일으켰다. 입가에 흘러나온 침을 닦고 잽싸게 도망가려 했지만 발밑에 흩어져 있는 세 개의 소주병이 명희의 발목을 잡았다. 침대 옆 협탁 위에는 레스토랑에서 본 블루베리 치즈 케이크가 담긴 그릇이 놓여 있었다. 케이크는 이빨로 베어 문 자국이 선명했다. 누가 그랬는지 아기자기한 무늬가 그려진 침대 시트에는 토사물이 잔뜩 묻어 있었다.

2층 여자들

아침에 일어나자마자 게시판부터 확인했다. 짐작했던 대로 글이 몇 개 늘었다. 이제 여자들은 욕까지 섞어 가며 싸우고 있었다. 문을 살며시 열어 봤다. 복도는 쥐 죽은 듯이 고요했다. 이곳은 사람이 사나 싶게 조용했지만 게시판은 늘 피투성이였다. 210호 여자는 하룻밤 새 매춘부가 되었다. 가장 자극적인 제목부터 클릭했다.

2층에 몸 파는 여자가 있어요.

짐작했던 내용이 펼쳐졌다.

2층 가장 구석에 있는 방에서 밤이고 낮이고 할 것 없이 이상한 소리가 들려요. 제게만 들린 걸까요? 이상한 소리 들으신 분은 댓글 달아 주세요.

그 위에 바로 올라온 글의 제목은 '2층엔 욕구불만 찌질이가 산답니다'였다. 빠르게 클릭했다.

2층에 B사감이 살아요. 모두들 아시죠? 낮이고 밤이고 할 것 없이 남의 방문에 귀를 대고 엿듣는 욕구불만변태녀. 야, 너 한 번도 못 해 봤지? 니가 숫처녀인 건 니 부모 탓이 아니라 니 탓이야.

나도 모르게 크게 웃었다. 지금 방에서 법전을 펼쳐 놓고 얼굴이 붉으락푸르락하고 있을 205호를 생각하니 미칠 것 같았다. 당장이라도 복도로 나가 205호 문에 귀를 대고 엿듣고 싶었다. 그 밑에 210호와 205호를 가장해 싸움을 부추기고 있는 댓글들은 더 가관이었다. 나도 웃으며 댓글을 하나 달았다.

오랫동안 안 하면 곰팡이 피는데. 2층에서 나는 악취가 그 냄새구만.

이러다 둘이 육탄전이라도 벌이는 건 아닐까? 걱정이 되면서 은근히 기대도 되었다. 205호와 210호는 이곳 바우하우스의 골칫덩이들이었다. 저들이 입주하기 전까지 이곳은 나에게 천국이었다. 수다

쟁이 간호사들이 입주했을 때만 해도 참을 만했다. 문득 반년 전 바우하우스에 첫발을 디뎠을 때가 생각났다.

대학 졸업 후 2년 동안이나 반백수였던 나는 중학생 과외를 하며 근근이 생계를 잇고 있었다. 학벌도, 수완도 좋지 않아 겨우 월세와 용돈을 충당할 정도였다. 그즈음 나는 일주일 안에 거처를 정해야 하는 처지였다. 그게 벌써 세 번째였다. 대학 4학년 때부터 남자 친구와 2년간 동거, 유효기간이 지났다는 것을 알고도 석 달간 함께 있었다. 서울에 연고가 없는 내 처지를 그가 배려해 준 것이다. 그와 헤어진 이후로는 친구에게 넉 달, 선배에게 다섯 달간 빌붙었다. 선배는 성격 좋기로 소문난 사람이었다. 시간이 더 흐르면 어색해질 거라는 확신이 생긴 순간 그녀의 방에서 나왔다. 이유는 하나였다. 그녀는 평생 관계를 유지하고 싶은 사람이었다. 그녀가 조금만 덜 좋은 사람이었다면 1년 정도 더 빌붙었을지도 모른다.

스물다섯 살에 대학을 졸업하고 전단 돌리기, 커피숍 서빙, 상금을 목표로 한 독후감 대회 응모까지, 2년간 닥치는 대로 아르바이트를 했지만 저

축은 얼마 되지 않았다. 대학 신입생 때처럼 20만 원 이하의 몸만 누일 수 있는 고시원에 들어가야 할 형편이었다. 좁은 건 물론이고 옆방 사람의 방귀 소리까지 들리는 고시원에 다시 들어갈 생각을 하니 한숨이 나왔다. 그러다 발견한 곳이 바우하우스였다. 퀴퀴한 냄새가 나는 좁은 고시원을 세 곳 돈 다음 우연히 발견한 신축 건물, 외국 영화에나 나올 법한 통유리로 외부를 장식한 5층 건물 1층에 달린 간판에는 분명히 '바우하우스 고시원'이라고 적혀 있었다. 대학 때 수강한 미술 관련 교양과목 교수는 바우하우스란 독일 바이마르에 있던 조형 학교라고 했다. 어쨌든 신장 고시원, 영준 원룸텔과는 차원이 다른 곳 같았다고 하면 충분한 설명이 될까. 나는 냅다 간판에 적힌 핸드폰 번호를 눌렀다.

금세 집주인이 나왔다. 세련된 원피스를 입은, 30대 후반으로 보이는 그녀는 홈드라마의 여주인공 같았다. 그녀가 나를 5층으로 안내해 따끈한 코코아를 내주며 말했다.

"세 번째 손님이세요. 고시원은 1층부터 3층이고 우리 부부는 여기 5층에 살아요."

그녀의 집을 자세히 보진 못했지만 언뜻 보기에도 드라마에 나오는 세트 같은 집이었다. 이제 막 걸음마를 시작한 그녀의 딸이 여기저기를 헤집고 다녔다.

"어머, 내가 왜 이래. 어서 방 보여 드려야지."

그녀가 디지털 잠금장치 버튼을 누르자 2층 문이 열렸다.

"각 층마다 현관이 따로 있어요."

그녀는 수줍어하며 방을 보여 줬다.

"우리 아저씨가 정성 들여 만든 집이에요. 설계부터 섬세하게 신경 썼고 내장재 외장재 최고급으로 썼어요."

나는 벌어지는 입을 애써 다물며 바우하우스를 둘러봤다. 고시원이란 간판이 무색할 정도로 바우하우스는 결핍된 것이 없는 공간이었다. 3.5평의 공간에 모든 것이 갖추어져 있었다. 나무로 깐 바닥, 완벽한 난방 및 보안 장치, 햇빛이 밝게 들이치는 창문, 아담한 침대와 책상, 게다가 러닝머신과 사이클을 갖춘 헬스장을 방불케 하는 운동실까지. 취사장과 욕실, 화장실을 함께 쓰는 것 정도야 얼마든지 감수할 수 있었다. 나는 잠시 후 그녀의 입에서 나온 말을 듣고 깜짝 놀랐다.

"월세는 33만 원이에요."

"정말요?"

"요즘 월세 비싸죠? 학생들, 회사원들 힘든 거 우리도 알아요. 우리 부부는 독일에서 힘들게 유학했어요. 이사를 자주 다녔는데 타국에서 어찌나 서럽던지. 그래서 한국에 돌아가면 값싼 고시원 하나 하자고 약속했었어요."

나는 평생 고생 같은 건 해 본 적 없을 것 같은 그녀에게 웃어 보인 후 입주계약서를 작성했다. 이런 방은 이 동네에서 최소 50만 원 이상이었다. 외국에서 유학을 마친 낭만적인 부부가 어설픈 유토피아를 설계한 것이 분명했다.

바우하우스가 내 구미를 당긴 이유는 총무가 없다는 사실도 한몫했다. 나는 남자 친구와 모텔을 드나들 정도의 여유가 없는 취업 준비생이었다. 어느 고시원이나 이성 친구의 출입은 제한하고 있었지만 오랜 고시원 거주 경력으로 시시티브이의 시야를 피해 잠입하는 건 일도 아니었다. 게다가 공짜로 헬스장까지 다니는 셈이니 생활비를 아끼면 충당이 될 터였다. 죽어도 취업이 안 된다면 단 한 달이라도 살고 19만 원짜리 고시원으로 옮길 생각이었다.

그렇게 바우하우스에 입성했다. 내가 세 번째 입주자라고 했는데 보름이 지나도록 다른 두 명의 입주자와 마주칠 일이 없었다. 204호와 208호 앞에 슬리퍼가 있는 것을 보니 사람이 있긴 있는 모양이었다. 50평 남짓의 공간에 세 사람만 있다는 것은 짜릿한 일이었다. 우리는 값싼 월세로 최고의 방에 사는 행운을 거머쥔 사람들답게 평화롭게 공존했다. 나는 다른 여자들이 씻지 않고 싱크대에 놓아둔 그릇을 가끔 씻어 주었고 다른 방의 누군가는 공용 냉장고에 '냉장고의 케이크 드실 분 드세요. 너무 많아서요.'라고 적힌 포스트잇을 붙여 답례했다. 이런 상황이니 남자 친구를 안으로 들이는 것도 어려울 게 없었다. 내 방이 201호라는 것이 좀 서운했을 뿐이다. 뉴스에 연이어 오르내리는, 독신 여성을 노리는 연쇄 성폭행범이 여성 전용 고시원인 바우하우스에 침입한다면 현관에서 가장 가까운 방에 사는 내가 먹잇감이 될 터였다.

바우하우스에서의 우아한 생활은 길지 않았다. 두 달 만에 방이 꽉 차 복도에서 여자들과 마주치는 일이 늘었다. 아침에 조금 늦게 일어나면 샤워 부스에 들어간 사람이 나오길 기다려야 했고 밤늦게 술에 취해 불콰한 얼굴로 누군가와 마주치는 일도 빈번했다.

도난 사건도 일어났다. 빨랫줄에 널어놓은 옷이나 신발장에 넣지 않은 신발을 도난당했다는 사람이 생겼고 운동실에 놓아 둔 만보계가 사라졌다는 사람도 나왔다. 종종 포스트잇 전쟁이 벌어지기도 했다. 전쟁터는 대체로 공동으로 사용하는 가전제품 위였다. 한번은 실수로 다른 사람의 우유를 먹었다. 내가 사다 놓은 것인 줄 알았는데 아닌 모양이었다. 다음 날 냉장고에 포스트잇이 붙었다.

어제 내 우유 먹은 돼지년, 그렇게 살지 마. 한 번만 더 먹어 봐. 독약 넣을 거니까.

포스트잇을 붙인 사람이 세 명의 간호사 중 하나일 수도 있다고 생각하니 소름이 끼쳤다. 나도 최대한 필체를 바꿔 포스트잇에 글자를 쓴 다음 살금살금 부엌으로 걸어가 냉장고에 붙였다.

너도 참 딱하다. 우유 한 팩에 독약이라니. 넌 인성 교육도 못 받았니?

그날 저녁부터 사흘간 무려 여덟 장의 포스트잇

이 냉장고에 붙었다. 세탁기에도 포스트잇이 나붙었다.

세탁 끝나면 옷 즉시 가져갑시다. 혼자 쓰는 세탁기 아니잖아요?

싫으면 니가 사 쓰세요.

이렇듯 포스트잇과 인터넷 게시판은 거주민들의 대표적인 의사소통 수단이었다. 포스트잇은 같은 층 사람들끼리 좀 더 빨리 소통하고자 할 때, 게시판은 익명으로 욕하고 싶을 때로 그 쓰임새는 달랐지만 말이다.

거주민들을 불신하게 된 결정적 계기는 지갑 도난 사건이었다. 실수로 공용 식탁 위에 지갑을 놓고 화장실에 다녀왔다. 고작 3분가량의 시간 동안 지갑은 온데간데없이 사라졌다. 화장실 안에서 누군가의 발소리를 들었지만 그게 누군지는 알 길이 없었다. 나는 즉시 협박조로 지갑을 돌려 달라는 포스트잇을 붙였지만 잠시 후 애원하는 어조로 바꾸어 다시 붙여야 했다. 애석하게도 시시티브이는 현관에만 설치돼 있었기 때문이다.

저에겐 소중한 지갑입니다. 돈은 괜찮으니 신분증과 사진이라도 돌려주세요. 201호 남자 친구에게 선물받은 지갑 안에는 현금 7만 원과 신용카드, 신분증 그리고 돌아가신 아버지 사진이 들어 있었다.

당황한 통에 30분 늦게 신용카드 분실 신고를 했는데 도둑은 그새 동네 슈퍼에서 5만 원 가량의 물품을 구입했다. 너 이놈 걸렸구나. 나는 회심의 미소를 지으며 5층으로 올라갔다. 주인아줌마에게 사정을 말하고 30분 안에 현관 시시티브이에 찍힌 사람을 확인해 달라고 말했다. 그녀는 멋쩍은 표정으로 사실 시시티브이는 주말에만 돌아간다고 했다. 싼 월세로 관리비를 충당하기가 힘들어 주말에만 켜 놓는다는 것이다. 월세도 적게 내는 주제라 제대로 따지지도 못하고 방으로 돌아온 나는 동네 슈퍼로 달려갔다. 슈퍼 아줌마는 이렇게 작은 슈퍼에 무슨 시시티브이가 필요하겠느냐면서 달아 놓은 것은 도난방지용 모형 시시티브이라고 했다. 아줌마는 모자와 마스크를 쓴 여학생이 20분 전에 왔다 갔다고 했다. 그날은 복도에서 마주치는 여자들이 모두 도둑놈 같아 소름이 끼쳤다.

도둑이 일말의 양심은 있는 놈이었던지 한 달 뒤 경찰서에서 우체통에서 습득했다는 지갑을 배달해 주었다. 물론 돈은 쏙 빼 간 상태였다. 지갑 안에 주소를 적어 넣은 적이 없는데 우편 봉투에 내 방 호수가 버젓이 붙어 있었던 걸 보면 도둑놈이 지갑 안에 주소를 적어 넣은 모양이었다. 나는 경찰서에 연락해 도둑놈의 필체를 확인해 달라고 할까, 지갑에 묻은 지문이라도 채취해 볼까 생각했지만 가까스로 화를 눌렀다.

사실 이 정도는 싸움 축에도 못 들었다. 첫눈에 수녀님 같은 고시생이 들어온 이후로는 바우하우스에 묘한 냉기가 감돌았다. 우편함에 고시신문이 꽂히고 삼선 슬리퍼에 추리닝, 머리카락을 고무줄로 질끈 묶은 패션으로 보아 그녀는 고시생이 틀림없었다. 하지만 이곳은 말이 고시원이지 고시생은 그녀뿐이었다. 오히려 직장인이 많았고 방음도 잘되는 편이라 라디오나 텔레비전을 크게 틀어도 문제될 게 없었다. 하지만 수녀님은 직접 나서서 고시원 분위기를 개선하려 들었다. 나 역시 수녀님에게 지적을 받았다.

여느 때처럼 텔레비전을 보는데 누군가 노크를 했다. 이곳에 와서 처음 듣는 노크 소리라 겁이 났다.

"누구세요?"

문 앞에는 두꺼운 뿔테 안경을 쓴 수녀님이 서 있었다.

"저, 티브이 소리 좀 줄여 주시겠어요?"

"소리가 커요?"

"네."

"방음 잘 되잖아요."

"복도에 나올 때마다 들려서요. 제가 중요한 시험을 준비하는데 좀 예민해서요."

"아, 네에."

"그리고 며칠 전에 뭐 던지신 적 있죠?"

"던진 게 아니라 행거가 무너졌어요. 행거가 약해서요."

"앞으론 조심해 주세요."

방문을 닫자 왈칵 짜증이 솟았다.

그날 나는 외출했다가 들어오는 길에 수녀님이 부엌에서 맥주 파티를 하는 간호사들에게 공공장소에서는 금주가 원칙이라고 말하는 것을 보았다. 간호사들의 표정을 보니 모두들 처음 겪는 일이 아닌 것 같았고 그들도 나만큼이나 수녀님을 싫어하는 것 같았다. 수녀님이 3교대를 나가는 간호사들에게 새벽에 발걸음 소리를 줄여 달라고 요구한 적도 있으니 그럴 만했다. 수녀님은 그 정도로 모자라 B사감 노릇까지 하려 들었다. 남자를 데리고 들어오면 퇴실이라는 규정이 있었지만 보증금 없는 고시원에 사는 처지에 모텔비가 부담된다는 것 정도는 서로 이해할 만했다. 나는 일주일에 한 번 남자친구를 방으로 들였고, 복도에서 까치발을 들고 화장실을 찾는 다른 여자들의 남자들도 종종 보았다. 코끝이 찡해지면서 서로 인사도 하지 않는 여자들에게 묘한 동질감을 느낀 몇 안 되는 순간이었다.

다른 방과 외따로 놓인 210호에 사는 여대생은 꽤 자유분방한 것 같았다. 그녀는 남자라면 사족을 못 쓰는 전형적인 쭉빵녀로 여자가 보기에도 수준급의 외모를 갖추고 있었다. 그녀의 방에는 거의 매일 남자가 드나들었는데 한 사람은 아닌 것 같았다. 수시로 배달되는 그녀의 방 호수가 붙은 택배는 그녀를 좋아하는 남자들이 보낸 것이 틀림없었다. 그녀는 대체로 새벽 두세 시가 넘어 띠리리 소리가 나는 디지털 잠금장치를 열며 들어왔고 새벽 늦게까지 시끄러운 음악을 틀었다. 그녀의 태도는 분명히 안하무인 격이었지만 그녀가 있어서 편하기도 했다. 덕분에 다른 거주민들도 규정에 크게 얽매이지 않아도 되었던 것이다.

수녀님과 210호가 맞붙기까지는 오래 걸리지 않았다. 여름날 새벽, 수녀님의 레이더망에 210호와 수컷 한 마리가 걸려들었다.

"지금 안에 남자 있죠?"

눈을 내리깔고 껌을 씹는 210호는 그저 귀찮다는 표정이었다. 수녀님은 불쾌했는지 목소리를 높였다.

"여기 남자 데리고 들어오면 안 되는 거 알아요, 몰라요. 왜 더럽게 남자를 데리고 들어오고 그래요?"

210호는 여유롭게 맞받았다.

"아줌마, 지금이 몇 신데 이 지랄이야?"

수녀님이 몸을 떨며 말했다.

"지랄? 주인아줌마한테 다 말할 거야. 너 때문에 내가 얼마나 힘든지 알아? 너한테 오는 택배 다 누가 받아 주는데?"

"아줌마 관음증 아니야? 정신병원에나 가 봐."

수녀님이 숨을 헐떡이며 말했다.

"이 치사한…… 네가 사람이면 어떻게 그런 소

리가 나와? 네가 나한테 한 짓 하늘이 알고 땅이 알아!"

웃음이 나오려는 걸 간신히 참았다. 저거 완전 피해망상증 환자 아니야? 상대가 강하게 나오니 안절부절못하는 게 천성이 비겁한 여자 같았다. 어느새 모든 여자들이 잠에서 깨 복도로 나와 구경하고 있었다. 열 명의 여자가 한자리에 모인 것은 처음이었다. 그동안 보았던 뒷모습, 옆모습과 매치를 하려니 머리가 아팠다. 누군가 전화를 했는지 주인아줌마가 내려와 일은 일단락되었다.

아줌마가 210호에게 말했다.

"규정이 있으니 학생이 조심해 줘요. 벌써 세 번째예요. 남의 방이니까 내가 들어가 보지는 않겠지만 한 번 더 이런 일 있으면 방 빼야 할 거예요."

나는 210호 안에서 그 부분이 쪼그라들었을 남자를 떠올렸다.

210호는 잠시 잠잠했을 뿐 이후로도 남자를 데려왔다. 화장실에 가기 위해 복도에 나왔을 때 그녀의 방에서 신음 소리가 흘러나올 때면 괜히 내가 가슴이 조마조마했다.

2주 전이었다. 나는 생일이라 특별히 남자 친구

를 방에 들였다. 하지만 수녀님의 신고로 주인아줌마의 문자를 받았다.

지금 방에 남자 들어왔죠? 신고 들어왔어요. 밖에서 만나 주세요.

미취업 상태인 남자 친구와 나는 결국 모텔에도 가지 못하고 헤어져야 했다. 나는 그를 보내고 방에 들어와 울다가 잠들어 다음 날 눈이 퉁퉁 부었다. 수녀님은 복도에서 마주쳤을 때도 전혀 미안한 기색이 없었다. 나는 남자 친구에게 전화를 걸어 말했다.

"너희 집 마당에 쥐덫 놨댔지? 나 그거 하나만 구해 줘."

내 성화에 못 이긴 그는 죽은 쥐를 가져다주었다. 나는 악취가 새어 나가지 않도록 그것을 비닐에 싸서 밀봉한 후 마스크와 모자를 쓰고 우체국으로 가서 수녀님에게 부쳤다. 이튿날 사색이 된 그녀의 얼굴을 보니 통쾌했다. 하지만 충동적인 행동이었던지라 한동안 불안에 떨었다. 문득 궁금했다. 수녀님은 다른 방에 귀를 대고 소리를 듣고 다니기 바쁜데 언제 공부를 하는 걸까? B사감 노릇만 안 하면 시험에 붙을 텐데. 그 순간 스치는 생각이 있었다. 혹시 수녀님은 쥐를 보낸 사람이 210호라고 생각하는 걸까?

며칠 뒤 210호 쭉빵녀는 1층으로 이사했다. 2층은 잠잠해지는가 싶더니 다시 노크 소리가 들려왔다. 텔레비전도 안 보는데 왜 또 그래? 나는 구시렁대며 문을 열었다. 문 앞에는 거대한 몸집의 여자가 서 있었다.

"안녕하세요. 새로 온 총무예요."

"총무요?"

"이거 한 장 써 주시고 앞으로 불편한 건 저한테 말씀하세요."

새벽에 일어났던 사건 때문에 주인아줌마가 총무를 구한 모양이었다. 종이 상단에는 '201호 신상명세서'라고 적혀 있었다. 가족 사항을 적고 긴급연락처에 집 전화번호를 기입하며 이제 갑자기 죽어도 송장을 거둬 줄 사람은 있겠구나, 생각했다. 그녀는 옆방으로 이동해 노크를 하고 같은 말을 반복했다.

그녀가 210호에 짐을 푼 이후로 바우하우스 분위기는 확연히 바뀌었다. 총무 특유의 배시시 웃는 얼굴은 어딘가 사람을 편안하게 하는 구석이 있었다. 그녀는 내 또래인데도 수더분하게 웃을 때마다 처지는 눈초리가 고향 엄마 같은 분위기를 풍겼다. 덕분에 2층은 긴장이 풀려 게시판에 올라오는 글이 줄어들었다. 택배나 도난 사건으로 얼굴 붉힐 일도 줄었고 김치와 쌀이 떨어져 주인아줌마에게 핸드폰 문자를 넣지 않아도 되었다. 화장실도 바닥에 휴지 한 장 없이 깨끗했다. 그뿐이 아니었다. 술에 취해 늦게 들어온 날이면 다음 날 총무에게 콩나물국을 대접받았고 감기가 걸린 건 어떻게 아는지 쌍화탕과 직접 쑨 죽을 대령해 놓기도 했다. 총무는 어디까지나 거주민 편이었다. 총무는 방세가 며칠 늦어져도 재촉하지 않았다. 오히려 주인아줌마와 거주민 사이에서 둘러대 주는 눈치였다.

주말에는 2층에 고소한 음식 냄새가 진동을 했다. 총무는 부엌이 자신의 전용 부엌인 줄 아는지 매일 한두 시간씩 부엌을 차지했는데 주말엔 한술 더 떠 음식 재료를 잔뜩 늘어놓은 다음 김밥을 말고 튀김을 만들었다. 커다란 솥으로는 2층 여자들 전부를 먹이고도 남을 대용량의 감주를 만들었다. 여자들이 반길 리 없었다. 매일 저녁 러닝머신이 돌아가고 냉장고에 직접 만든 플레인 요구르트가 채워져 있는 것으로 봐서 절반 정도는 20대 여자들답게 나름의 다이어트에 몰두하고 있었다. 이곳에서는 취사를 20분 이상 하지 않는 것이 불문율이었다. 그래서 나도 식사를 인스턴트식품으로 대체하거나 반찬을 사서 먹는 습관이 들었다. 누군가 총무에게 넌지시 불평을 하자 총무는 각 방에 음식을 돌렸다. 총무가 직접 만든 튀김과 김밥, 감주가 각 방에 배당되었다.

"식기 전에 먹어요. 튀김은 식으면 맛없으니까."

나는 그녀가 방에서 나간 후 음식을 방 한구석에 밀어 놓았다가 다시 그릇으로 다가가 튀김 한 조각을 입에 넣었다. 그 이후로 나는 주말을 기다리게 되었다. 알고 보니 총무는 외출이 허락된 주말에는 길거리에서 김밥과 튀김을 팔았다. 그녀에겐 학비를 대야 하는 동생들이 있다고 했다. 그녀가 택배를 전해 주면서 주저리주저리 늘어놓은 이야기였다.

그녀는 여러 모로 쓸모가 있었다. 우선 그녀는 여자들이 잘하지 못하는 것에 능했다. 못 박기라든가 행거 설치 같은 건 일도 아니었다. 인터넷으로 구매한, 자취생을 위한 온갖 조립식 상품들을 그녀에게 가져오는 여자들이 날이 갈수록 늘어났다. 힘은 또 어찌나 센지 다른 층으로 이사 가는 여자들은 총무 덕분에 힘들이지 않고 이사를 할 수 있었다. 그녀는 바지런히 바우하우스를 관리했다. 복도에서 마주치는 그녀의 실룩이는 거대한 엉덩이를 보면 웃음이 났다. 외롭던 자취 생활 중 오랜만에 느껴 본 편안한 감정이었다.

하지만 그녀의 지나친 관심은 부담스러웠다. 그녀는 언젠가 복도에서 마주쳤을 때 "자기, 남자 이름으로 편지 왔더라. 경호가 누구야?"라고 물어 나를 당황하게 했다. 동네 마트에서 마주쳤을 때 "주미 씨!"하고 이름을 크게 부르는 것도 싫었다. 바우하우스에서 익명의 편안함을 누리는 것은 더 이상 불가능한 모양이었다.

총무가 온 이후로 각방 여자들의 신상도 알게 되었다. 물론 나는 2층 여자들에 대해 '애매하게' 알고 있었다. 재활용 쓰레기통에 쌓인 택배 박스에 적힌 김유나, 박지영, 김서현 등이 그녀들의 이름이라는 것과 우편함에 꽂힌 병원, 대학, 기업체에서 보낸 신문들로 이곳에 인근 여대에 다니는 학생이

둘, A대학 경영학과에 다니는 학생이 하나, 나란히 세 개의 방에 거주하는 간호사들, 모 기업에 근무하는 여자, 고시생이 산다는 것은 알았다. 하지만 그들의 소속 기관과 이름을 정확히 연결할 수는 없었다. 그들의 우편물과 택배 박스를 '유심히' 들여다본 적이 없었기 때문이다. 내가 분명하다고 생각하는 건 205호가 고시생이란 것과 209호가 집집마다 돌며 유아들을 가르치는 방문 교사라는 것뿐이었다. 209호는 여자들 중에서 유독 선해 보였고 방 앞에 쌓인 학습지와 아침마다 들고 나가는 무거운 가방으로 직업을 짐작할 수 있었다. 하지만 이것 역시 정확한 정보라고 할 수는 없었다. 나중에야 총무의 입을 통해 내가 짐작한 것들이 대강 들어맞는다는 것을 알게 되었지만 말이다.

총무가 온 지 넉 달쯤 되었을까. 숙소 앞에 구급차가 도착했다. 아침 10시, 204호에서 여자가 들것에 실려 나왔다. 숙소에 있던 유일한 사람인 나와 수녀님 그리고 총무는 204호의 창백한 얼굴을 내려다보았다.

"어머, 지영 언니, 왜 이래? 응?"

총무는 204호의 몸을 흔들며 눈물을 흘렸다. 나

보다 먼저 입주했던 204호는 복도에서도 마주치기 힘든 여자였다. 그녀는 아침 일찍 나가 밤늦게 들어오는 것 같았다. 하지만 나는 처음 이곳에 막 입주했을 때 그녀의 얼굴을 가까이에서 본 적이 있다. 한밤중 화장실에 가려고 깼는데 그녀가 복도에 널브러져 있었다. 술 냄새와 토사물 냄새가 진동을 했다. 그녀에게 다가가 방에 들어가서 자라고 말했지만 그녀는 미동도 하지 않았다. 그녀의 어깨 아래에 떨어진 토사물을 보고 구역질이 나서 그냥 그 자리에 두고 방으로 들어왔다. 아침에 깨어나 복도로 나갔는데 그녀는 없었다. 아무 일 없었다는 듯 토사물이 떨어진 자리도 깨끗했다. 그날 이후로 그녀의 방에서 울음소리를 몇 번 들었다. 애인과 헤어졌나 보다, 했을 뿐이다.

119 대원이 그녀를 옮기며 말했다.

"여자 연예인들 자살이 늘면서 싱글촌에 자살 사건이 늘었어."

총무를 통해서 알게 된 것이지만 그녀는 우울증을 앓았다. 총무는 204호가 자신의 딸이라도 되는 듯 분개했다.

"나쁜 놈. 저렇게 착하고 좋은 여자를 등쳐먹어?"

역시 남자와 돈 문제인 모양이었다. 총무가 혼잣말하듯 중얼거렸다.

"아침에도 기척이 없고 이상하다 했어. 아침 일찍 일어나서 회사 가는 사람인데."

총무가 예리한 직감으로 불길한 낌새를 느끼고 문을 따고 들어가 목숨을 구한 것이다. 204호가 돌아오던 날 바우하우스 앞에는 멋진 눈사람이 자리 잡았다. 때마침 내린 눈으로 총무가 만들어 204호 창가 앞에 세워 둔 것이었다.

두 달 뒤에는 작은 화재 사고가 있었다. 나는 새벽에 총무의 다급한 목소리에 눈을 떴다.

"모두 밖으로 나와요!"

그녀는 방마다 다니며 문을 두드렸다. 문을 여니 매캐한 연기 냄새가 났다. 시야가 흐릿해 덜컥 겁이 났다. 총무는 침착하고 신속하게 거주민들을 밖으로 안내했다. 그녀의 믿음직한 태도 덕분에 1층부터 3층까지 서른 명의 거주민이 신속히 빠져나갈 수 있었다. 바우하우스 앞에서 여자들이 서로의 얼굴을 멍하니 쳐다보고 있을 때 비쩍 마른 간호사가 말했다.

"효선이가 없어."

땅딸막한 간호사를 말하는 모양이었다. 그 순간 총무는 머뭇거릴 것도 없이 매캐한 연기 속으로 뛰어 들어갔다. 모두들 불안한 얼굴로 멀뚱히 서 있는데 빨갛게 달아오른 총무의 얼굴이 보였다. 그녀는 뒤에 땅딸막한 간호사를 둘러업고 있었다. 뒤늦게 도착한 구급차 구급대원들이 땅딸막한 간호사를 싣고 사라진 후 모두들 총무를 경외의 눈빛으로 바라보았다. 그녀의 거대한 몸집을 비웃는 여자도 있었을 테지만 그녀의 거대한 체구가 아니었다면 불가능한 일이었다.

이후로도 그녀의 활약은 계속되었다. 1층 거주민의 남자 친구였다던 스토커가 찾아와 창문을 두드리며 소리를 질렀을 때도 총무는 적절히 대응해 그가 다시는 찾아오지 않게 만들었다. 이후로 나는 밤늦게 총무의 방에서 나오는 여자들을 자주 보았다. 모르긴 몰라도 그녀는 바우하우스의 카운슬러가 된 모양이었다. 나도 한 번 그 방에 들어간 적이 있다.

날씨가 부쩍 추워진 날 나는 예기치 못한 이별 통보를 받았다. 아무래도 여자가 생긴 모양이었다. 그의 변심을 예측하지 못했기 때문에 하염없이 눈물이 나고 무기력해졌다. 나는 과외도 미룬 채 술을 마시고 잠만 잤다. 도무지 몸을 일으킬 수 없었다. 직장에 다니는 친구들에게는 연락하기 싫었고 이런 꼴을 누군가에게 보이고 싶지도 않았다. 사흘째 되던 날 가까스로 몸을 일으켜 방문을 열고 나가 불빛이 새어 나오는 210호 앞으로 갔다. 총무는 방문을 열어 놓고 책을 보고 있었다. 그녀가 독서하는 모습을 본 건 처음이었다.

"무슨 책 봐요?"

"어머, 자기 얼굴이 왜 그래? 어디 아파?"

그녀가 자리에서 일어나 나에게 다가왔다. 나는 그녀의 부축을 받아 그녀의 작은 간이 소파에 앉았다. 얼룩 고양이가 총무의 무릎 위에서 기지개를 켰다. 총무가 입술에 손가락을 대며 말했다.

"고양이 키우는 거 비밀이야."

"그거 무슨 책이냐고요."

"문제집이야. 시험 봐야 하거든."

표지에는 '베이비시터'라고 적혀 있었다. 그녀가 책을 이불 아래로 감추며 말했다.

"작년에도 쳤는데 떨어졌어. 시험에 워낙 약해서. 난 아이들을 좋아해서 아이들 보는 일 하고 싶어. 베이비시터 알선 기관에 등록하려면 시험에 합격해야 하거든."

그녀가 나에게 줄 커피를 타러 간 사이, 나는 그녀의 방을 둘러보았다. 책장에는 서너 권의 요리책과 베이비시터 시험 관련 서적이 꽂혀 있었고 벽에는 바다를 배경으로 찍은 그녀의 사진이 붙어 있었다. 그리고 무슨 유도대회에서 받은 상패가 있었다. 그녀가 방에 들어오더니 책상 위에 놓인 상패를 후다닥 내려 이불 속에 넣으며 말했다.

"이거 보면 안 되는데."

"유도 했어요?"

그녀의 얼굴이 홍당무처럼 변했다.

"중학교 때 잠깐. 남들이 아는 거 싫은데 평생 받은 상이라곤 이것뿐이라서 버리기가 그렇더라고."

그녀가 밖으로 나가 소주를 사 왔다. 그날 나는 그녀 특유의 편안함에 도취되어 나답지 않게 많은 것을 털어놓았다. 나는 그녀의 품에 안겨 울기까지 했다. 새벽에 일어났을 때는 내 방이었다. 그녀가 들어 옮긴 걸까. 머리맡에는 은박지로 싼 그릇과 쪽지가 있었다.

죽 끓였으니 먹어요. 남자는 또 와요.

내가 실연의 아픔에서 벗어날 즈음 그녀에겐 사랑이 찾아왔다. 총무는 무언가에 홀린 듯 온몸을 가꾸기 시작했다. 화장을 곱게 하고 짧은 치마를 입은 그녀는 만발한 복사꽃 같았다. 나는 기분이 좋았다. 나에게 첫사랑이 찾아온 것처럼 설레었다. 그녀는 트럭을 몰고 영업을 한다는 산적처럼 생긴 남자를 방에 들인 것은 물론이고 부엌에서 음식을 만들어 상에 담아 방으로 들어갔다. 바우하우스는 점점 지저분해지기 시작했고 쌀과 김치는 툭하면 동이 났다. 하지만 그녀의 그런 모습은 오래가지 못했다.

며칠 뒤 나는 괴성에 의해 잠에서 깨어났다. 의심할 것도 없이 그녀의 목소리였다. 통곡하는 소리가 마치 짐승의 울부짖음 같았다. 나는 직감적으로 그녀의 사랑이 끝났음을 깨달았다. 나는 그녀의 방문을 열고 작게 말했다.

"언니, 조용히 해. 사람들 다 깨겠다."

여기저기 술병이 널려 있었고 그녀의 얼굴은 온통 눈물범벅이었다. 그녀가 자랑했던 남자 친구의 사진이 조각 난 유리 액자 아래 깔려 있었다. 그녀는 한참 동안 울다가 잠들었다.

다음 날 오전, 나는 여느 때처럼 취업사이트를 들여다보다가 무심코 바우하우스 게시판에 접속했다. 게시판에는 온갖 광고글이 올라와 있었다. 어제 올라온 글이 눈에 띄었다. 나는 '직무태만인 총무'로 시작되는 글을 반사적으로 클릭했다.

2층 거주민인데요, 여기 총무는 도대체 무슨 일을 하는지 모르겠네요. 주인아줌마는 밑에 안 내려와 보시나요? 화장실 바닥에 휴지가 널려 있고 쌀이 떨어진 지도 이틀이네요. 총무는 자신이 거주민인지 총무인지 헷갈려 하는 것 같아요. 차라리 총무를 해고하고 월세를 낮춰 주시는 게 낫지 않을까요?

그 밑에 동의하는 댓글도 서넛 달렸다. 총무에게 알려야겠다는 생각에 문을 열었는데 주인아줌마가 씩씩거리며 210호로 향하고 있었다. 아줌마의 교양 덕분인지 큰소리가 나지는 않았다. 아줌마가 나가는 소리가 들리고 복도에서 청소기 돌리는 소리가 났다. 그 소리가 아이 우는 소리처럼 측은하게 들렸다.

그날 밤 총무는 내 방에 들렀다. 또 술을 마셨는지 술 냄새가 코를 찔렀다.

"혹시 자기가 쓴 거 아니지? 그럼 누구지? 다

아니라고 하네."

9호부터 돌고 마지막으로 들른 모양이었다. 나는 대답 대신 고개를 저었다. 그녀가 풀이 죽은 듯 고개를 떨어뜨리더니 이내 다시 치켜들었다. 그리고 손을 들어 내 방문을 세게 두드리며 말했다.

"대체 누구야?"

행거가 불안하게 흔들렸다.

"언니 진정해. 그걸 어떻게 찾아."

그녀가 손으로 자신의 가슴을 두드리며 복도가 울리도록 말했다.

"내가 꼭 찾을 거야! 누가 쓴 건지 찾고 말 거라고오!"

죄 없는 나도 졸았으니 글을 올린 사람은 가슴이 오그라들었을 거다.

중학생 과외마저 잘린 나는 낮에도 춘무와 시간을 보내는 날이 많아졌다. 우리의 방은 약 10미터 떨어져 있었고 그녀는 늘 방문을 반쯤 열어 두어서 나는 그녀가 무엇을 하는지 볼 수 있었다. 그녀의 방 앞에 갈 때마다 그녀는 아령을 들어올리며 컴퓨터 모니터를 뚫어져라 쳐다보고 있었다.

"쳐다보면 뭐해? 모니터에 범인 얼굴이 보여?"

"내가 그 지랄을 했으니 또 글 올리지 않겠어? 아이피 추적해서 꼭 잡을 거야."

"피시방에서 올릴지 학교 피시실에서 올릴지 어떻게 알고 잡아? 그만 잊어."

총무는 수녀님을 의심하는 것 같았다. 수녀님은 총무를 못마땅해하는 것 같았지만 총무가 두려웠는지 웬만해선 내색하지 않아 확신할 수 없었다. 사실 누구라도 범인이 될 수 있었다. 202호의 비쩍 마른 모델 지망생은 옆방인데도 말을 나눠 본 적이 없었다. 모델 지망생인지 아닌지는 알 수 없었지만 심각하게 말라서 내 맘대로 붙인 별명이었다. 계속 그렇게 생각했더니 어느 순간 그녀가 정말 모델 지망생이라는 착각이 들었다. 매일 저녁 러닝머신 위에 올라가는 203호 여대생은 신입생인 것 같았다. 한 번도 대화를 해 본 적은 없지만 그녀의 목소리는 여러 번 들었다. 복도에 나가면 전화 통화하는 소리가 다 들릴 정도로 목소리가 컸기 때문이다. 직선적인 성격 같지만 사실 보이는 것과 실제 성격은 반대인 경우가 많지 않은가. 음울한 인상의 204호 여자는 아무래도 아닐 것이다. 자신의 목숨을 구해 준 은인에게 그런 짓을 하진 않았겠지. 아니, 아니다. 살고 싶은 생각이 없는 자신을 살려 놓은 것에 대한 불만이 있을지도 몰랐다. 205호 수녀님은 가장 유력한 용의자니까 패스. 그런 사람이 고시에 붙어 사회 지도층이 될지도 모른다고 생각하니 걱정이 되었다. 하지만 사실 그녀가 진짜 고시생인지는 분명치 않았다. 혹시 그녀는 가난한 집안의 딸인데 누군가에게 돈을 받고 대리 시험을 치르기로 한 것이 아닐까? 그래서 늘 고슴도치처럼 예민하고 히스테릭한 게 아닐까? 206호의 비쩍 마른 간호사는 달변이었다. 게시판의 글은 제법 논리적인데 혹시 그녀일지도 몰랐다. 207호의 땅딸막한 간호사는 화재가 난 날 총무 덕분에 목숨을 건졌으니 패스. 하지만 총무가 실연당해 대성통곡한 날 복도에서 얼굴을 찌푸리며 방문을 세게 닫는 것을 나는 보았다. 208호 간호사는 드라마에 나오는 착한 간호사의 전형과 같은 참한 인상이었다. 하지만 그녀는 나보다 먼저 입주한 사람으로 어쩌면 총무가 입주하기 전의 익명의 삶을 은근히 바라고 있는지도 몰랐다. 209호 학습지 교사, 설마 그녀는 아니겠지. 그녀는 정말 착하게 생겼다. 복도에서 잠시 스쳐도 눈인사를 하는 사람이었다. 하지만 공포 영화의 살인범은 가장 착하게 생긴 사람일 경우가 비일비재하지 않은가. 또 누가 있지? 1층으로 내려간 쭉빵녀? 에이, 설마. 그렇게 많은 남자를 거느린 여자가 찌질한 남자에게 차이고 대성통곡한 총무를 엿 먹였을라고. 문득 201호 여자에게 생각이 머물렀다. 201호에 거주하는 나. 혹시 내가 술김에, 혹은 잠결에 글을 올린 건 아닐까? 소름이 돋으며 식은땀이 났다. 도대체 글을 올린 사람은 누구일까? 도저히 알 길이 없었다. 내가 아는 아홉 명 외에 나도 모르는 사이 이곳에 살다 나간 사람이 몇 명 더 있을지도 몰랐다. 그동안 복도에서 마주친 낯선 얼굴들은 잠깐 들른 거주민들의 친구가 아니라 거주민이었을 가능성은 분명히 존재했다.

이튿날 또 한 번의 싸움이 벌어졌다. 대부분의 시간을 고시원 안에 틀어박혀 있던 수녀님이 외출했고 그 틈을 타 총무는 수녀님의 방에 잠입했다. 총무가 컴퓨터 전원을 켜고 아이피를 적으려는 순간 무언가를 놓고 간 수녀님이 돌아왔다. 목청을 돋우어 다투는 두 사람을 간신히 떼어 낸 나는 피로감을 느끼며 자리에 누웠다. 반나절을 자고 일어나 복도로 나갔는데 총무가 수녀님의 방에서 나오고 있었다. 총무는 방문을 닫으며 말했다.

"자기야, 미안해. 내가 오해한 것 같아. 이해하지?"

그날 밤 총무는 내 방에서 소주 세 병을 마셨다. 과음 탓이었을까. 총무는 뜻밖의 이야기를 털어놓았다.

"난 정말 팔자가 기구한 여자야. 자기같이 좋은 부모 만나 대학 다닌 사람은 몰라. 나 같은 사람이 어떻게 살아가는지. 아빠 돌아가시고 엄마가 재혼을 했어. 난 그런 거 드라마에나 나오는 줄 알았는데 새아빠가 나에게 그 짓을 하더라. 엄마가 외출하면 새아빠는 내 방에 들어왔어. 내가 잠든 척하면 내 속옷 안으로 손을 넣고……."

총무는 말을 멈췄다가 술을 한 잔 들이켠 다음 다시 말을 이었다.

"나 처음부터 이렇게 뚱뚱했던 거 아니야. 왜 그랬는지는 모르지만 나는 그 이후로 미친 듯이 먹었어. 자꾸만 배가 고프더라고. 하려고만 했다면 이 세상 사람들 전부 다 잡아먹었을 거야. 엄마는 새아빠하고도 헤어졌고 동생들은 자꾸만 내게 손을 벌려. 남자에게 좋아한단 말 들은 건 처음이었는데. 결국 돈 때문이었나 봐. 그 사람 나에게 돈 빌려 갔거든."

총무는 나에게 5만 원만 빌려 달라고 했다. 집에 돈을 보내야 하는데 그 남자가 다 가져가서 없다고 했다. 나는 흔쾌히 돈을 빌려줬다. 그녀는 고맙다고 말하고는 비틀거리며 자기 방으로 돌아갔다.

이른 아침, 복도로 나가니 바우하우스가 깨끗이 정돈되어 있었다. 총무의 방으로 갔는데 총무의 짐이 모두 사라진 상태였다. 망치로 머리를 얻어맞은 듯 정신이 멍했다. 왜 내게 아무 말도 하지 않고 간 거지? 배신감이 들 정도로 서운했다.

복도에는 청천병력 같은 소식이 나붙었다. 물가 인상으로 다음 달부터 불가피하게 월세를 7만 원 올리니 혹시 방을 뺄 사람은 미리 알려 달라는 내용이었다. 이곳에서 살 날도 얼마 남지 않았구나 하는 생각과 함께 총무가 없는 바우하우스에서 더 이상 살고 싶지 않다는 생각이 동시에 들었다. 문득 총무라면 이 소식을 어떻게 전했을까 생각했다. 각 방에 튀김과 감주를 담은 접시를 돌리며 미안해하는 표정으로 소식을 전하지 않았을까.

총무의 감주 만드는 법은 간단했다. 남은 밥을

버리는 것이 아까웠던지 총무는 전기밥솥에 식은 밥과 엿기름물을 넣고 일고여덟 시간을 보온 상태로 두었다. 전기밥솥에 넣어 놓은 것을 커다란 솥으로 옮기고 물과 설탕을 첨가한 후 깊은 맛이 날 때까지 끓였다. 전기밥솥으로 만든 감주는 시골 외할머니가 만들어 준 감주보다 못할 것이 없었다. 사실 나는 감주가 만들어지는 시간에 늘 조바심을 냈다. 그 일고여덟 시간이 너무 길어서 깨금발로 부엌으로 들어가 밥솥을 열어 보곤 했다. 그리고 나와 같은 이유로 밥솥을 꽉 닫지 못한 채로 방으로 들어가는 누군가의 뒷모습을 목격하기도 했다.

다음 날부터 게시판에 글이 올라오기 시작했다.

총무가 엄마가 위독하다고 20만 원을 빌려 갔어요. 근데 그만뒀다면서요?

앗, 저는 8만 원. 내일 준다고 했는데. ㅡㅡ

저도요. 이게 대체 무슨 일이래유?

결국 주인아줌마가 글을 올렸다.

그 여자가 연락이 안 되네요. 피해 보신 분들 말씀하세요. 제가 배상해 드리겠습니다.

나는 실시간으로 올라오는 글들을 하나씩 클릭하며 중얼거렸다. 이것들 다 구라 아니야? 벌써부터 튀김의 느끼한 맛을 상큼하게 씻어 주던 감주 맛이 그리웠다. 늘 아쉬움을 남기던 감주의 뒷맛. 총무가 만든 감주를 다시는 맛볼 수 없는 건가. 갑자기 몸이 으스스했다. 그녀는 대체 어디로 간 걸까. 날씨도 쌀쌀한데 어디서 떨고 있는 건 아닌지 걱정이 되었다. 하지만 나는 다음 순간 나도 모르게 총무가 나에게도 20만 원을 빌려 갔다는 핸드폰 문자를 작성하고 있었다. 전송 버튼을 누를까 말까 한참을 고민하다가 문득 총무의 말을 떠올렸다. 그래도 자긴 이곳에서 가장 인간적인 사람 같아. 적어도 날 혐오하진 않는 것 같거든. 총무가 대성통곡한 날 물을 떠다 주며 위로의 말을 건넸을 때 총무의 입에서 나온 말이었다. 나는 내가 이곳에서 나가기 전에 총무가 나에게는 연락을 할 거라고 생각하고 다시 총무를 만나면 게시판 사건의 범인을 알려 주어야겠다고 생각했다. 어제 저녁, 나는 사이버 수사대에 범인을 찾아 달라고 의뢰했다. 수사대에서도 찾지 못한다면 사실은 내가 술김에 장난으로 올린 거라고, 지우려고 했는데 이미 댓글이 여러 개 달려 어쩔 수 없었다고 말해 줄 생각이었다. 총무가 들어오기 전, 205호와 210호 간에 벌어진 게시판 전쟁의 시발점은 사실 나였다. 취업 준비를 하던 나는 예민한 상태였고 화장실에서 낯선 남자가 나오는 것을 보았다. 방으로 들어오자마자 별생각 없이 2층에 이성 출입이 너무 잦다는 글을 올렸다. 그 글은 순식간에 게시판을 피투성이로 만들었다.

총무가 저에게도 20만 원 빌려 갔어요.

핸드폰 액정 화면의 글자 위를 떠도는 내 손가락이 희미하게 떨렸다. 전송 버튼을 누를까 말까 한참을 망설이던 나는 한숨을 한 번 내쉰 후 핸드폰을 내려놓았다.

작가의 말

이 책에 실린 단편들은 대부분 내가 머물렀던 장소를 배경으로 하고 있다. 다이소는 최근까지 내가 가장 많이 방문하는 장소일 것이다. 2013년에 「물건들」이 쓰인 건 자연스러운 일이었다. 그리고 1년이 지난 2014년 겨울, 이케아가 문을 열었다. 이케아 광명점이 오픈하던 날, 나는 혼자서 이케아에 갔다. 가구를 하나라도 구입할 생각이었다. 그로부터 2년간 계절이 바뀔 때마다 나는 습관처럼 이케아를 방문했다. 그곳에서 내가 본 쇼룸은 500개가 넘을 것이다. 하지만 그곳에서 구입한 가구는 단 한 개도 없다. 한 권의 소설책이 남았을 뿐이다.

쇼룸들 사이를 헤매고 다니는 동안 사람들은 왜

그렇게 집을 꾸미는 것에 관심이 많을까, 아늑한 보금자리를 찾아다니는 것일까 생각했다. 쇼룸 안에서 소설 속 등장인물들을 만나기도 했다. 기다란 소파에 나란히 앉아 해맑게 웃는 여대생들, 정장을 차려 입은 노부부, 어깨에 카메라를 둘러맨 여자의 모습이 집에 돌아와서도 잊히지 않았다.

책이 나오기까지 애써 주신 민음사 편집부 분들과 해설을 주신 강유정 선생님께 감사드린다. 호텔 프린스 소설가의 방과 연희문학창작촌에서 머무는 동안 이야기를 싹 틔우고 초고를 쓸 수 있었다. 마지막으로 밤낮으로 쇼케이스 위에서 고기를 썰고 있는 남편에게 고마움을 전한다. 이케아 옷장 안에 숨어 있다가 쇼룸에서 하룻밤만 자고 오자고 한 나의 철없는 부탁을 그가 그토록 단호히 거절하지 않았더라면 이 소설은 시작되지 않았을 것이다.

2018년 가을

김의경

작품 해설

신자유주의 소비자들의 감정 구조

강유정(문학평론가)

1 이케아 집 꾸미기 증후군(IKEA nesting instinct)

데이빗 핀처의 1999년작 「파이트 클럽」에는 불면증에 시달리는 인물 잭이 등장한다. 그는 스스로를 마이크로소프트 은하계, 스타벅스 행성에 살고 있는 거주민으로 소개한다. 그는 자칭 "이케아식 집 꾸미기의 노예(slave to Ikea nesting Instinct)"이다. 잦은 출장으로 시차 감각이 엉망이 된 그는, 낮은 스타벅스 라떼로 견디고, 밤은 이케아 카탈로그로 버틴다. 어린 시절엔 변기에 앉아 포르노그래피 사진을 봤지만 서른이 넘어선 이케아 카탈로그에 빠져 있다. 카탈로그는 말한다. "이건 정말 네게 딱 필요한 그 소파야, 네 생애 최후의 소파라고!"

하지만 알다시피, 최후의 소파란 없다. 다만, 아직 새로운 카탈로그가 배송되지 않았을 뿐. 스타벅스와 이케아의 노예로 살아가던 잭은 어느 날 타일러 더든이라는 남자를 만나게 되고, 그는 잭에게 충고한다. "네가 가지고 있는 것들이 결국 너를 소유하게 될 거야."라고 말이다.

잭은 타일러 더든과 한패가 되어 노예가 아닌 주인이 되기로 마음먹는다. 방법은 하나, 없애는 것. 이케아가 채우고, 꾸미라고 유혹해서 힘들다면, 아예 채울 수 있는 공간을 없애면 된다. 방과 집을 없애면 그만인 것이다. 사고 싶고, 갖고 싶은 것을 갖느라 애쓰는 게 아니라 아예 근간을 파괴하라. 파괴하면, 갖고 싶은 욕구도 사고 싶은 욕망도 사라지게 될 테니, 살까 말까 고민하지 말고 갖고 싶은 것을 파괴하라. 마침내, 그들은 모든 소비의 메카인 신용 카드 회사의 데이터베이스 폭파를 기획한다. 후기 자본주의 사회의 핵심이 신용이라면 그 숫자로 코드화된 신용 자체를 없애 버리면 이 세계는 무너질 것이다. 소비가 없는 천국을 만들어 보려는 것이다.

척 팔라니의 소설을 원작으로 한 「파이트 클럽」은 소설이라기보다 묵시록에 더 가깝다. 주인공이 '아이키아'라고 발음하던 그 가구회사는 1999년 당시 우리에겐 그저 낯선 외국 상표에 불과했다. 아이키아? 가구? 그런 건, 그저 외국 영화에 등장하는 미장센일 뿐이었다. 스타벅스 1호점이 이화여대에 문을 연 것이 고작 1999년 7월이었으니, 이케아가 메타포로 해석될 리 만무했다.

하지만 20년이 지난 지금, 여기, 이곳에서 스타벅스나 이케아는 이제 생활의 일부이다. 1999년 불면증에 시달리며 스타벅스와 이케아로 버티던 미국 대도시민 잭은 이제 2018년 대한민국 서울의 전형적 인물이라 해도 크게 어긋나지 않는다. 20년이 지나, 우리 역시 잭처럼 스타벅스에 중독된 채, 이케아 카탈로그의 노예로 살고 있다. 신자유주의 경제가 선사한 글로벌 경제의 축복이란 바로 이런 것이 아닐까? 20년 전 뉴욕 도시인의 질병을 지금 서울에서 같이 앓는 것, 소비라는 질병의 공감대, 그런 것 말이다. 세계는 같은 상품의 소비로 하나가 되고 동일한 후유증으로 소통한다. 진정, 세계화의 시대이다.

2014년 김의경은 여태껏 볼 수 없었던 낯설고 새로운 서사를 한국문학에 선사했다. 『청춘 파산』에 등장하는 신용불량자, 파산자는 관념이 아닌 체험적 실재였다. 돈에 청춘이 묶인 주인공의 삶은 지금, 우리 삶의 형편과 크게 다르지 않았다. 『청춘 파산』이 블랙코미디로 읽혔다면, 그건 소설이 현실과 너무 닮았기 때문일 것이다. 그리고 4년 후, 김의경의 소설집 『쇼룸』에서 보게 되는 삶의 풍경들은 무엇인가에 끝없이 쫓기는, 노예들의 모습과 닮아 있다. 문제적인 것은 누구도 강요하지 않았지만 모두가 자발적으로 소비의 노예가 되어 있다는 점이다. 대형 마트, 천원상점, 외국계 아울렛과 같은 곳에 모인 현대인들은 소비를 통해 자기 정체성을 확인하고자 한다.

「물건들」에 등장하는 30대 남녀는 '다이소'에서 만나 '다이소'에서 헤어진다. 「세븐 어 클락」의 부부는 택배 상하차로, 편의점 알바로 시간대를 어긋나며 서로를 피하는 중이고, 「쇼케이스」의 희영과 태환은 빠듯한 삶에 임신을 미루지만 폐경도 미루고 싶어 한다. 「이케아 소파 바꾸기」의 25세 여성

세 명은 대기업 계약직과 바리스타 아르바이트로 지낸다. 유부남에게 생활비와 학비를 받는 「이케아 룸」의 대학생 소희의 형편도 크게 나아 보이진 않는다. 오십 줄에 아들과 자신의 앞길까지 챙겨야 하는 「빈집」의 명희도, 좁은 고시원에서 서로를 이해하느니 증오하는 게 더 쉬운 「2층 여자들」도 앞선 이들의 삶과 다를 바는 없다.

소비를 통한 공동체의 귀속, 노예의 공동체. 노예는 있지만 그 주인을 찾아 볼 수 없다. 거의 모든 소설에 등장하는 '이케아'는 공동체의 삶이 유통되는 일종의 경유지이다. 『쇼룸』에 등장하는 인물들 대개는 양극화된 자본주의의 충격을 고스란히 안고 살아가는 자들이다. 이케아 세대라고도 불리는 20, 30대 젊은이들도, 준비되지 못한 노년기와 마주친 노인 세대도, 모두 이 충격에서 자유롭지 못하다. 고용, 결혼, 출산, 양육을 비롯한 모든 생활의 지표가 불안정하고 고단하다. 20대는 취업을 하지 못하고, 30대는 결혼이 어렵고, 결혼을 하더라도 출산을 꿈꾸기 어렵다. 양육을 하려면 내 집 마련이 우선일 것 같은데, 대한민국에서 내 집 마련이란 어느새 개인의 능력으로 성취하기 어려운 유복한 상속 개념이 되어 버렸다.

집은 사고 싶지만 살 수 없는 것이 되고 그래서 사람들은 쇼룸으로 가 집의 이미지를 구매한다. 그들, 명희, 영순, 예주, 사라, 소희가 이케아에 가는 이유이기도 하다. 그들은 이케아의 쇼룸에 전시된 가구를 구매함으로써 꿈꾸는 삶의 순간도 구매하고자 한다. 아니 이케아가 제시하는 삶의 표본에 포함되고 싶어 한다. 하지만 쇼룸은 막상 우리의 현실에 대입하면 어딘가 낯설고 어울리지 않는, 인위적 위자이며 치장일 뿐이다.

'쇼룸'의 뜻처럼, 이케아의 공간은 우리가 갖고 싶도록 유도된, 전시된 판타지이다. 문제적인 것은 그 판본이 너무나 선명해서 그 방 자체가 연출이며 '쇼'라는 사실조차 무뎌진다는 점이다. 인위적인 것이기에 전시 효과는 더욱 강렬하다. 60개의 쇼룸은 그것에 포함되지 않는 삶의 풍경들을 예외나 낙오로 분류한다. 60개의 쇼룸은 평균의 공포를 확산시킨다. 쇼룸에는 있지만 우리의 방에 없는 것을 발견했을 때, 그 사실은 우리에게 불안을 선사한다. 거기에 있지만 내 방에 없다면, 무엇인가 잘못된 것이다.

김의경은 이 불안한 착시의 공간 안으로 걸어 들어간다. 그리고, 그 불안의 내부를 대담하게 그려 낸다. 착시가 무엇인지를 보여 주고 그 착시 이면의 세계를 보여 주고자 위장막을 걷고 깊은 곳까지 잠입하는 것이다. 불안은 욕망의 다른 얼굴이며 훌륭한 상품이다. 잭과 타일러 더든이 불안을 태워 스스로의 정체성을 찾고자 했다면, 김의경의 인물들은 다른 방식으로 후기자본주의 시대, 신자유주의 시대의 정체성을 찾아가고자 한다. 과연 그 정체성이란 무엇일까? 우선 그 세계가 권유하는 결핍의 내부를 들여다 볼 필요가 있다.

2 능력주의와의 결별

김의경의 소설집 『쇼룸』을 관통하는 모티프가 있다면 그것은 바로 '방'이다. 그리고 그 방은 공교롭게도 모두 이케아의 '쇼룸'과 연결된다. 「물건들」과 「2층 여자들」을 제외한 모든 소설엔 이케아 1호점이 등장한다. 이 두 편에 등장하지는 않는다 해서 아예 무관하다고 말할 수도 없다. 「물건들」의 두 남녀는 이케아보다 훨씬 더 싸고, 다양한 물건이 있는 '다이소'에 가고, 「2층 여자들」의 여자들은 이케아에 가지 않는다기보다 못 간다. 아직 그들에겐 자신만의 공간이 없으니 말이다. 이케아에 간다는 것은 적어도 자신의 뜻대로 꾸밀 '방'이 하나 있다는 의미이다.

그들은 모두 자기만의 방을 꿈꾼다. 버지니아 울프가 여성으로서, 작가로서, 소설과 삶을 영위할 공간으로 '방'을 요구했다면, 김의경의 소설집에서 '방'은 말 그대로 거처이다. 사전적 의미 그대로의 방, 그러니까, 누구나 세상에 태어난 사람이라면 하나쯤은 각자 갖고 있어 마땅한 자신의 공간, 그 방을 필요로 하는 것이다.

문제는 그 '방'이 언제나 필요-상태, 즉 결핍의 상태라는 점이다. '방'은 아무리 채워도 차지 않고, 아무리 넓혀도 금세 좁아진다. 고시원에 살고 있는 이들은 방음이 되는 독립적인 방을 원하고, 그런 방을 가진 이는 채광이 좋은 좀 더 넓은 방을 원한다. 방은 언제나 결핍 상태인 욕망과 닮아 있다.

이런 맥락에서, 김의경이 생각하는 자본주의 양극화의 결산은 '방'에서 이뤄진다. 『쇼룸』에 등장하는 거의 모든 인물들이 이케아를 경유하는 것도 이 때문일 것이다. 이케아가 판매하는 것은 일종의 이미지이다. 2년여 정도 가볍게 쓰고 바꾸는, 경제적이면서도 깔끔한 조립형 가구. 우리는 가구와 함께 북유럽 감성의 세련되면서도 합리적인 소비자의 이미지를 함께 구매한다. 이 이미지를 통해 고단한 삶의 풍경은 잠시 가려진다. 소비를 통한 평등, 『쇼룸』의 인물들이 추구하는 것은 어쩌면 같은 것을 소비함으로써 같은 지위임을 입증받고자 하는, 주인 없는 소비 노예들의 공감일지도 모르겠다.

소비를 통한 평등은 능력주의 시대가 실질적으론 끝났다는 사실을 잠시 잊게 해 준다. 우리는 이미 유례없던 능력주의의 시대를 살아 왔다. 유사 이래, 이처럼 모든 이가 비슷한 것을 누리고 살았던 적은 없다. 능력주의가 출신이나 가문 등이 아니라 능력과 실적에 따라 지위나 보수가 결정되는 구조를 가리킨다면 말이다. 메리토크라시(meritocracy, 능력주의)는 말 그대로 개인의 자유를 통해 더 나은 미래를 얻을 수 있는 가능성을 뜻한다. 지위나 신분과 관계없이 능력에 따라 더 나은 삶을 쟁취할 수 있다는 유동성이 바로 능력주의의 핵심이다. 이 행복한 유동성의 시대는 다양한 낭만적 기대들을 선사했다. 학업, 매력, 지성, 용기, 절제와 같은 자기 수련을 통해, 이론상으로는 누구나 재주껏 능력주의의 결실을 얻을 수 있었으니 말이다.

하지만 알고 있다시피, 더 이상 우리 사회는 유동적이지 않다. 이제 지위나 신분과 관계없이 오로지 한 개인의 능력만으로 더 나은 삶을 쟁취할 수 있는 가능성이 사라진 것이다. 가령, 서정인이나 김승옥의 소설에서 '대학생'이 머지않아 만만치 않은 지위와 보수를 얻게 될 예비 능력자의 메타포였다면, 지금 여기의 '대학생'은 학자금 대출에 묶인 예비 채무자이다. 경제적 잉여가치를 창출하지 못하는 순수한 지적 여정이 멸시당하는 일은 이미 꽤 오래 전부터 있어 왔다. 교육이 경제적 능력 개발의 수단이 되었던 시절도 이제는 끝났다. 「이케아 소파 바꾸기」의 미진, 예주, 사라처럼 대학을 졸업하는 순간 그들을 기다리는 것은 학자금 대출과 불안정한 고용이다. 전국 규모 프랜차이즈 일식집이 가까운 곳에 문을 열자 성심껏 마련한 일본 음식점을 닫아야 했던 「세븐 어 클락」의 부부처럼, 우리는 이제 의지와 노력, 재주와 끈기만으로는 더 나은 삶을 장담할 수 없는, 능력주의의 종말을 목도하고 있는 중이다.

이제, '능력'은 실패의 알리바이로 변질되었다. 능력이 있어서 성공한 것이 아니라 성공한 자가 능력자이다. 일종의 적자생존 논리가 활용되는 것이다. 능력이 있는 사람이 더 높은 곳에 올라가고, 더 많이 가지고 누리고 살아간다. 그렇지 못한 사람은 능력이 없는 사람으로 취급받는다. 도착적 연역법이 관습과 상식이 되어 버린 것이다.

이런 관점에서 보자면, 『쇼룸』에 등장하는 모든 등장인물들은 능력주의 시대의 마지막에 동참할 기회도 잃은 채, 낙오된 자들이라고 말할 수 있다. 『쇼룸』 속의 인물들은 훨씬 더 높은 사회적 지위나 경제적 수준을 위해서가 아니라 최소 수준의 생존과 생계를 위해 일을 한다. 그러나, 세상은 그들로 하여금 가능성 외의 더 많은 것을 포기하도록 유도한다. 과연 그들로 하여금 더 많은 것을 포기하고, 유예하고, 미루도록 하는 힘의 실체, 그것은 무엇일까?

우리는 그 힘의 실체를 탐색해야 한다. 김의경의 『쇼룸』은 그 탐색의 과정이자 재현이며, 우리가 어느 새 무디게 살아가고 있는 세상의 재구성이라고 말할 수 있다. 작가 김의경은 우리가 누려 마땅할 매우 기본적이며, 인간적인 권리마저 스스로 포기하는 세상에서 과연 인간의 삶이란 무엇인가를 묻고 있다. 이케아의 쇼룸에 위장된 삶이 전시되어 있다면, 김의경의 '쇼룸'에는 진짜 삶의 형편들이 드러나 있다. 이케아가 정형된 고기가 놓인 쇼케이스라면 아마도 김의경의 소설 공간은 정형을 위한 작업대 공간이라고 말할 수 있다. 우리가 보고 싶지 않은 것을 드러내 피비린내를 맡게 하는 것, 김의경의 소설 공간은 바로 그런 곳이다.

3 신자유주의시대 소비자의 언어 본능

그래서일까? 김의경의 『쇼룸』에 등장하는 인물들에게는 개성적인 캐릭터를 찾기 어렵다. 찾는다면 그것은 하나, 가난한 낙오자들이라는 점이다. 극심한 양극화의 스펙트럼에서 상위가 아닌 하위에 위치한 사람들, 그러니까 하위계층의 가난한 사람들이 바로 그들이다. 이케아 쇼룸 주변을 맴돌며, 그렇게 대량 생산된 삶의 표본을 꿈꾸는 자들의 모습은 꽤나 가혹하다. 그들은 20세기 초 소설에 자주 등장했던 댄디한 나르시시스트처럼 독립된 삶, 외제차나 자아 문제 등을 고민하는 게 아니라 생계를 고민한다. 『쇼룸』에 등장하는 인물들이 갖고 싶은 것과 가지고 있는 것, 즉 소비를 통해 묘사되고 형상화되는 이유도 이와 멀지 않다.

「물건들」의 화자인 '나'는 드립카카오, 머그컵, 곰팡이 제거제 등을 사는 인물이며 그녀가 만난 영완은 트렁크 종이함과 원목 화장품 정리대를 사는 남자이다. 연애를 하고 동거를 하면서 달라진 삶은 "유리 캔들 홀더"나 "계란절단기", "레몬즙 짜개"로 설명된다. 그들은 소비를 통해 존재의 좌표를 찍으려는 듯 물건에 정체성을 새긴다. 달라진 구매 목록이 변화된 삶의 세부를 구성하는 것이다. 「세븐 어 클락」 부부의 정체성이 신림동 자가 소유주였다가 12평 아파트 전세입자로 설명되는 맥락도 유사하다. 우리가 가진 것이 곧 우리다. 『쇼룸』 속의 인물들은 이케아 쇼룸 속 상품들처럼 간호사, 고시준비생, 대기업 계약직 등의 이름표를 달고 있다. 성격이 직업으로 설명되고, 개성은 소비 품목으로 재현된다. 한 사람의 전 생애가 몇 개의 명사로 압축된다.

특히 주목을 끄는 것은 『쇼룸』의 인물들, 특히 서술자가 모두 여성이라는 사실이다. 그들은 연애, 결혼, 출산을 고민하면서 한편으로 생활비, 부채, 피임, 전월세 문제에 시달린다. 동거와 결혼 사이, 출산과 육아 사이에 걸려 있다는 점에서, 『쇼룸』의 여성 인물들은 필연적으로 20세기 초 한국 소설에 자주 등장했던, 칙릿 소설 속 여성 인물들을 떠올리게 한다. 닮아서가 아니라 너무 다르기 때문에 말이다.

한 잔의 스타벅스 커피로 취향을 고지하고, 세련된 오피스텔에서 독립된 삶을 영위하며, 소형 외제 자동차 쿠페의 색깔을 시뮬레이션 해 보던, 어떤 회사에 입사해 제법 잔뼈가 굵어 이대로 싱글 라이프를 즐기며 살지 아니면 결혼과 육아를 선택해야 할지 고민하는 모습. 이러한 태도가 십 여 년 전 우리가 소설에서 보아 왔던 모습들이다. 그러나 지금 우리는 과거 십여 년 전 우리에게 보편률처럼 제시되었던 그런 30대 초반 여성의 삶이 환상이자 욕망의 투사에 불과했음을 알게 되었다. 칙릿 속의 여성 인물들이 트릭 아트의 트롱 프레유였다면 김의경 소설 속 여성의 삶은 극사실주의이다. 20세기 초 미디어가 만들어 낸 여성 인물들은 어쩌면 트릭 아트에서나 볼 법한 일종의 착시 효과였을 지도 모르겠다.

화려하고 조악한 트롱 프레유와 달리 김의경이 그려 낸 여기, 현재 여성의 삶은 거친 목탄화의 질감에 더 가깝다. 이런 질감 속에서 여성들은 월급을 타서 고작 "휴대용 연필깎이와 향기 나는 형광펜"(「물건들」)을 충동구매하고, 이케아에서 가장 싼 "크노파르프 소파"(「이케아 소파 바꾸기」)를 살 수 있다. 호텔은커녕 모텔에 갈 형편도 되지 않은 그녀들은 방음도 불완전한 고시원 방 안에서 남자 친구와 데이트를 하고, 좁은 복도에서 마주칠 때면 공모자의 심정으로 모르는 척 외면해 준다(「2층 여자들」). 빨랫줄에 널어놓은 옷이나 신발장에 넣지 않은 신발이 도난당하는 공동 주거지의 풍경, 서로에게 익명의 악담을 퍼붓는 그들의 삶은, 우리가 20세기 초 그렸던, 세련되고, 팬시한 싱글 여성의 삶과는 거리가 멀다.

그러나 사실 우리가 지금껏 소설, 드라마, 영화에서 소비했던 여성들의 삶은 다만 전시된 상품 같은 것이 아니었을까? 이케아 쇼룸의 가구처럼, 그렇게 쇼케이스 안에 전시된 모델, 모조품 말이다. 돌이켜 읽어 보면 김의경의 소설 속에 묘사된 삶의 형편들은 쇼케이스에 예쁘게 진열되기 전, 치장을 기다리며 작업대에 놓인 삶의 원형질처럼 느껴진다. 드라마 속 여성의 삶이 욕망의 무대라면 『쇼룸』의 여성 인물들은 현실의 맨얼굴이다.

안타까운 것은 생존의 위기감은 문화적 포즈들마저도 위협한다는 사실이다. 배타적인 취향이나 선호하는 영화, 애호하는 옷 브랜드를 통해 제시되었던 정체성과 개성은 이제 구분하기 어려운 경제적 어려움 속에 파묻혀 있다. 김의경의 소설 속 여성들은 모던함이나 사치스러움은커녕 취향이나 애호, 선호가 없다. 다이소와 이케아 상품 구매로 겨우 지탱되는 소비적 정체성 안에는 문화적 삶의 포즈가 끼어들 틈이 없다. 포즈가 생계를 유지하는 데엔 아무런 도움이 될 수 없으니 말이다.

게오르그 짐멜의 말처럼 문화가 영혼이 자신에게 이르는 길이라면, 그들은 문화를 잃어버린 채, 영혼에 이르는 길을 포기한 채 살아간다. 무료로 스트리밍 되는 게 아니라면 음악도 영화도 사치인 지금, 당장 비싼 생리대 값이 절박한 와중에 뮤지

컬, 전시, 독서, 해외여행과 같은 영혼의 포즈는 취할 겨를도 없다. 생존이 존재를 위협할 때, 불안은 영혼을 잠식할 수밖에 없다. 문화를 통한 정체성은 생존의 확보 이후에야 가능한 잉여물이다. 김의경의 소설 속 인물들에게 소위 감정이라는 게 거의 표현되지 않는 까닭도 이와 무관하지 않다. 김의경의 소설 속 인물들에게 감정은 경제적 조건에 철저히 귀속되어 있다.

그런 의미에서 『쇼룸』의 인물들에게 소비는 자기 과시적 행위가 아니라 생존을 확인하는 최소한의 감정적 체험이기도 하다. 김의경은 우리가 알고 있던 감정의 단어들을 생존의 관점에서 새롭게 정의 내린다. 신자유주의의 체제의 양극화가 낳은 일종의 돌연변이들이 확인되는 것이다. 생계의 위기 속에서 감정은 새로운 구조로 재기입된다. 다음과 같은 구절들이 그렇다.

영완은 이후로도 종종 내게 올 때마다 다이소에서 물건을 사다 주었는데 나를 가장 즐겁게 한 것은 삼나무로 만든 화장품 정리함이었다. 커다란 파우치에 아무렇게나 넣어 둔 화장품을 그는 와르르 쏟더니 정리함에 빠른 속도로 정리하기 시작했다. 정리함은 겉에서 보면 그냥 서랍장으로 보였지만 뚜껑을 열면, 뚜껑 밑에 달린 거울 덕분에 화장대로 변신했다. 그리고 며칠 뒤, 영완이 구급약품 정리함에 한가득 의약용품을 채워 왔을 때 나는 그의 목에 매달려 사랑한다고 소리쳤다. 사랑이란 더 이상 쉽게 내뱉을 수 없는 말은 아니었다. 우리에겐 든든한 부모도, 거액의 적금 통장도 없지만 작은 물건으로 충분히 행복을 누릴 수 있다는 이상한 자부심이 생겼다.

—「물건들」, 16~17쪽

명희는 참담했다. 아들 집은커녕 지금 살고 있는 집도 비워 줘야 할 판이었다. 집주인은 전세 자금을 1000만 원 올려 주지 않을 거면 월세로 전환하자고 했다.

—「빈집」, 225쪽

한밤중에 도망 이사를 하면서도 우리는 수치심도 없이 인부가 있는 트럭 안에서 이혼 문제로 다퉜다.

—「세븐 어 클락」, 61쪽

나의 아픔을 달래기 위해 구급약품을 잔뜩 가져 온 남자를 '나'는 '사랑한다'고 소리친다. 사랑은 '작은 물건'을 통해 확인될 수 있다. '참담함'은 결혼을 계획하는 아들에게 돈을 보태 주기는커녕 자신의 전세 자금도 우려스러운 상황을 지칭한다. '예리한 직감'은 불길한 낌새를 느끼고 주거인의 문을 따고 들어가는 총무의 직관을 가리키며, 수치심은 돈도 없으면서 남들 앞에서 이혼 문제로 싸우는 과정에서 느낄 만한 감정이다.

그들이 비록 전시품이지만 이케아 매장을 거닐면서 '평온'을 느끼는 것도 같은 이유이다. 결국, 최소한의 안정적 주거와 생계를 유지할 수 있어야 인간은 감정을 느끼고, 추스르고, 기억할 수 있다. 그것이 보장되지 않는 한 추상어가 가리킬 수 있는 관념은 없다. 다 허영이고 거짓이다. 수치심이든 참담함이든, 사랑이든, 최소 수준의 경제적 안정성 위에서 관념과 만날 수 있다. 그런 의미에서, 감정이란 생존 이후에 확인 가능한 영혼의 부산물이다.

김의경의 소설 속 인물들이 자신의 정체성을 설명하는데, 개념이나 감정을 거의 활용하지 않는 이유도 여기서 멀지 않다. 그들의 삶은 먹고, 자고,

일하고, 이사하고, 견뎌야 하는 동사의 연속이다. 그렇지 않다면, 그것은 서술어가 아니라 상태를 묘사하는 형용사나 부사에 불과하다. 그야말로 사치스러운 게 감정이다. 감정이 시장에 굴복한 셈이다.

4 행복에 대하여

어쩌면 우리는 거대 서사를 상실한 채 살아가고 있는지도 모른다. 영혼의 부재가 당연시되고, 생계의 위협이 만성화되어 있다. 역설적이지만 우리는 지금껏 우리가 살아 왔던 그 어떤 시대보다 위생적이며, 안전하고, 풍족한 삶을 누리고 있다. 누구나 교육을 받을 수 있고, 의료 시설도 최고 수준이며, 기대 수명도 높다. "식사 하셨습니까?"가 인사가 될 정도로 배고프던 시절을 벗어나 이젠 부유한 사람들은 오히려 공복을 구매하고, 가난한 사람들이 탄수화물로 끼니를 채운다. 낮은 경제적 지위의 사람들이 비만으로 고생하고, '부자병'이라던 당뇨와 같은 대사 질환에 시달린다. 말 그대로 역설적인 세상이다.

지금 이곳의 상대적 박탈감은 과거 그 어느 때보

다 격심하다. 아주 오래 묵은 질문을 다시 해야만 하는 이유이다. 과연 행복이란 무엇일까, 라는 질문 말이다. 「쇼케이스」의 희영은 "자신의 꿈을 유예하고 사랑하는 사람의 꿈을 위해 돈을 벌어다 주고 밥을 먹여 주"는 것, 그게 바로 사랑이라고 말한다. 「계약 동거」의 영순은 푸근한 얼굴의 김 박사와 마지막일지도 모르는 데이트를 하며 설렌다. 「쇼케이스」의 부부는 남편에 이어 아내도 등단하자 생애 최고의 행복을 느낀다. 결국, 그들이 행복과 사랑을 느끼는 것은 아주 가까운 사람, 그 사람의 온기를 통해서이다.

바닥 맨 밑에서 발견하게 되는 것은 마침내 타인이다. 비록 추상어와 관념어로 이루어진 감정의 언어는 버렸을지언정, 서로의 맨얼굴을 기억해 낼 때, 우리는 결국 다시 살아 볼 만한 힘을 얻는다. 택배 상하차 자업으로 "석 달간 부쩍 말라 광대뼈가 불거"진 남편을 보며 "왠지 울컥"하는 순간(「세븐 어클락」), 내가 생계를 책임질 테니 "이제부터 글만 쓰라"는 남편의 말을 듣게 될 때, 그리고 그 말을 들은 소설가 아내가 "그건 평생을 약속한 남편이 아니라면 하기 힘든 결심"이라는 점을 깊이 이해할 때, 삶은 견딜 만한 것으로 조금 나아진다. 이케아 쇼룸을 가득 채운 "행복감"이 아니라 불완전하지만 견고한 행복들, 그것이 타인을 통해 형성되는 것이다. 상대의 아픔을 내 것처럼 느끼고, 타인의 고통에 함께 아파하는 것, 결국, 우리는 연민으로 삶을 견인한다.

성경의 말씀처럼 노동은 신이 인간에게 내린 벌일지도 모르겠다. 열심히 일해야만 우리의 삶을 지탱할 수 있는 최소한의 권리를 얻는다면 말이다. 물론 우리는 성공과 부가 개인의 노력에 대한 신의 은총이라는 식의 거짓에 더 이상 속진 않는다. 근면과 성실은 미끼일 뿐 해결책이 될 수 없다. 적어도 우린 그런 세상을 살고 있다. 근면도 성실도 삶을 지탱하는 거짓 동력이 될 수 없을 때, 그 막막함 가운데에 『쇼룸』의 여성들이 있다.

아무리 근면 성실히 일을 해도 우리가 최소한의 행복의 요건으로 삼았던 것을 가질 수 없다면 그것은 우리가 아니라 세상이 잘못된 것이다. 아이를 낳지 않는 게 아니라 못 낳는 것이고, 결혼을 안 하는 게 아니라 못하는 것이라면 오히려 우린 세상이 요구하는 인과 관계 자체를 부정하는 게 나을지도 모르겠다. 세상이 요구하는 행복의 표준을 새롭게 작성하는 것이다. 우리 시대의 서사로 다시 써 나가는 것이다. 이케아 세대의 합리주의는 이 불편한 불가능의 시대를 버티는 나름의 자구책일지도 모른다.

작가 김의경이 추구하는 것 역시 이 자구책으로서의 서사일 테다. 의존할 수 있는 거대 서사가 사라진 지금, 이케아 시대의 비참을 보여 줌으로써, 김의경은 '행복'의 다른 잣대가 필요하다는 사실을 강조한다. 우리가 살고 있는 삶의 뒷면, 맨얼굴을 보는 게 첫 번째의 일이라면, 그 맨 앞에 김의경의 소설이 있어 마땅할 것이다.

김의경

1978년 서울에서 태어났다. 2014년《한국경제》청년신춘문예에
장편소설『청춘 파산』이 당선되며 작품 활동을 시작했다.
2018년 수림문학상을 수상했다.

쇼룸

1판 1쇄 펴냄 2018년 10월 5일
1판 4쇄 펴냄 2020년 1월 22일

지은이 김의경
발행인 박근섭, 박상준
펴낸곳 (주)민음사

출판등록 1966. 5. 19. (제16-490호)
서울특별시 강남구 도산대로1길 62(신사동) 강남출판문화센터 5층
대표전화 02-515-2000 팩시밀리 02-515-2007
www.minumsa.com

ISBN 978-89-374-3899-8 03810